洪福齊天

下

風文創 905

遲意 著

目錄

第三十一章　招個上門女婿

福妞這回把灌湯包的做法藏得緊緊的，誰問也不說。

不過其實旁人學了也沒用，不知怎麼回事，福妞的手越來越巧，同樣的配方，她娘做的灌湯包硬是沒有她做的鮮美可口，因此家裡的包子鋪幾乎都靠福妞的手藝支撐了。

出了正月日子便過得飛快，福妞沒空去注意外面的狀況，倒是齊昭打聽了幾回，知道劉大頭琢磨了許久也沒做出灌湯包，而他們的醃蘿蔔臘肉包子不知怎麼的味道越來越差，生意也一落千丈。

相比之下，福妞家的店生意好到不行，短短三個月，賺了個荷包滿滿。

西大街地理位置不好，四月分衛氏和福妞數了數銀子，想著不如去東大街租賃一間門面，東大街人潮更多，到那裡生意會更好。

福妞想了想，說道：「爹、娘，咱們如今銀子夠，租賃店面不如直接買下一間，這樣以後就算不開店，有間鋪子也是好的。」

她話一出，爹娘便同意了，齊昭原本想否決，但想到自己將來不知會如何，只能默然無聲。

王有正出門打聽了一番，很快便買下一間鋪子，就叫做「王氏包子鋪」，一開張生意便是極好。

漸漸地，來買包子的不只本地人，別鎮的人也會來，不知何時大夥兒把這家包子鋪傳成了「西施包子鋪」。說來也是，福妞如今十四了，個兒高䠷纖瘦、柔柔弱弱，笑起來宛如清秀的白月蘭，整個鎮上找不出比她更美的姑娘，更何況福妞做包子的手藝極好，誰吃了不讚一聲？

這麼好的姑娘，想娶她進門的人家多得是，衛氏時不時就要應付一番，但心裡也開始有了打算。

「原先在村裡挑來挑去，沒想到如今在鎮上闖出了名號，福妞的親事也不用愁了，咱們還能挑選一番。」

包子店雖然不大，但人氣旺、聲譽佳，簡直成了大河鎮的招牌，誰若能牽上關係，往後做生意都會順當不少。

王有正沈吟半晌，說道：「咱們對鎮上的人家並不熟悉，且打聽一番再說，此外也要看福妞自己的意思。」

衛氏嘆道：「福妞的意思是想招個上門女婿，可願意上門的有幾個好的？大多是眼饞咱們的包子鋪罷了。」

其實王有正也是想挑一個上門女婿的，因為包子鋪將來必定要傳給福妞，若福妞嫁了出去，那就不是很方便了。

可上門女婿實在不好選。

衛氏心裡猶豫了一番，想到了齊小五，便道：「原先我說小五和福妞很適合，你卻說咱們家窮，小五不是等閒之人，並不般配。如今咱們家日子好過了，你覺得是否可以重新考慮？」

聽衛氏提到齊小五，王有正倒是想起了一些事情。

他們與小五相處也有幾年了，小五這個人不錯，懂事體貼有分寸，又能吃苦，待他們每個人也都好，但王有正卻越來越看不透他。

好幾次，王有正撞見齊小五在畫地圖，那地圖密密麻麻、繁複至極，王有正看不懂，卻莫名有些害怕。

他一直在想，這個齊小五到底是什麼人呢？

關於齊小五的背景，他們沒有問過，齊小五也沒有仔細說過。

這個少年，大多時候是安靜的，但在王有正看來，卻越來越覺得他城府極深。深到他不敢去揣測。

這樣的人，他敢把自己的閨女嫁給他嗎？

再說了，他這些日子也觀察過，齊小五待福妞是很守禮的，一直保持著距離，根本不像對福妞有半點意思。

平日那些來買包子的少年，哪個對福妞有意思，王有正一眼就看得出來。

他左思右想，說道：「小五人不錯，但不適合咱們福妞。」

衛氏仔細問了緣由，聽完之後也徹底放下了這個念頭。

兩口子商議了一番，便對外放出消息，說是王氏包子鋪的閨女福妞到了年紀，想要招個上門女婿。

有人問，上門女婿有什麼要求？

好事者說道：「說是要長相周正、年紀相仿、家世清白、為人坦蕩，窮一點沒關係，但一定要勤快正直。」

這要求有等於沒有，許多年輕男子便跑來找王有正，可王有正一眼看去，大多是有缺陷的，要麼相貌不佳，要麼說話油條，總之都不太行。

直到有一日，家裡來了一位媒婆，媒婆瞧著便有一籮筐的話要說，王有正趕緊道：「福妞不打算嫁人，我們要招入贅的女婿。」

媒婆眉毛一挑。「這個我自然知道，我今兒來也是為了此事。鎮西那頭有個木匠您知道嗎？咱們鎮上的家具幾乎都是他做的，是祖上傳下來的好手藝。他們家最近剛買了新房子，日子好過得很，木匠膝下有個兒子，看上了您家福妞，那兒子生得周正，為人也好……」

王有正打斷她道：「我們是想招個上門女婿。」

媒婆笑道：「您聽我說呀！他們家的意思，是說雖然把福妞娶回去，但將來福妞生的孩子，其中一個還是養在你們王家，跟你們姓王，如此一來雖然不是入贅，但也差不多了。王家大哥，不是我說，這些日子您也瞧見了，但凡願意入贅的，有幾個好的？人家木匠家是真心想娶福妞才會這樣，實在貼心得很，等您瞧見他們家兒子，保證滿意。」

王有正的確有些動心，便問道：「那木匠家的兒子叫什麼名字？」

第三十二章　你是不是傻子啊！

木匠家的兒子名叫馮奇，王有正見過幾次。馮奇曾經讀過書，只是未能考中秀才便不再讀了，專心跟著家人學習技藝，雖然年輕，也是一把好手，他身材高大、個性溫和，似乎是很不錯的人。

媒婆見王有正態度鬆動，便笑道：「福妞她爹，我還能誆騙你們不成？若你們也覺得好，我便同馮家說上一說，保證讓你們結為親家，馮家可都是寬厚之人，與你們家呀，正適合！」

王有正點頭。「那有勞妳了。」

這事他回去同衛氏商量了一番，衛氏心裡也覺得可以，主要是馮家竟然主動提出將一個孩子給王家養，頗合她的心意。

衛氏和王有正雖有意願，但心想福妞今年也才十四，不急著訂下來，兩家平日可以多走動走動，等多了解一些再說也不遲。

他們私下商量好，卻並未告訴孩子，只想讓馮奇與福妞多相處，反正大家都是一個鎮上的，福妞平日又都在包子店，常常可以見到面。

衛氏也想看看福妞和馮奇相處的狀況，若她能喜歡上馮奇，那便更好了。

福妞不曉得她爹娘的意思，只知道近日這個叫馮奇的年輕人來得很勤快，幾乎一、兩日就會來買一次包子，每次都會和她說說話。

畢竟是店裡的常客，福妞對馮奇的態度也很好。「馮公子近日似乎很喜歡吃包子。」

馮奇方正的臉上都是溫和的笑意。

「福福姑娘，妳太客氣了，咱們都是一個鎮上的，何須稱呼公子，妳叫我馮奇便是。」

他咬了一口手裡的包子說道：「自從吃了妳家的包子，便覺得味道極好，一日不吃就不舒服。」

福妞笑笑，又送他一顆包子。

「那這顆便送你了。」

馮奇受寵若驚，趕緊接住了，隔日來買包子時偷偷塞給福妞一把松子糖。「這給妳吃。」

福妞還沒說話呢，馮奇便走了，福妞瞧著手裡的松子糖，不知該說什麼，只當馮奇十分熱情，想著明日再多給他一顆包子便是。

她沒往那方面想，可齊昭卻先她一步想到了。

這一日齊昭去包子鋪幫忙，趁著只有他和福妞時，問了一句。「妳覺得那馮奇如何？」

福妞一怔。

「是個好人。」

在她看來，馮奇的確是個熱情爽朗的好人。

齊昭瞇起眼。

「是嗎？那若是要妳嫁給他，妳可願意？」

福妞有些詫異。

「你怎麼這麼問？我為何要嫁給他？」

「若是妳爹娘要妳嫁呢？他是個好人，家世清白，做事俐落，又吃苦耐勞。」

齊昭說的那些話，都是旁人形容馮奇的，雖然齊昭不那麼認為，但還是對福妞說了出來。

福妞覺得心裡酸酸的、澀澀的，她不知道該如何回答。

她十四了，年紀不小了，是該考慮親事了。

但她始終記得齊小五曾經問她——妳長大了想嫁給我嗎？

後來那話沒了下文，她都懷疑自己是不是記錯了。

鎮上的人都以為他們是親姊弟，時常有人對福妞說，妳弟弟那麼會讀書，將來一定是要做官的，不知哪家的姑娘有幸做官太太呢？

福妞知道，那人肯定不是自己。

等齊小五考中了，發達了，會娶妻生子，但，絕對不可能是她。

她覺得自己瘋了，怎麼會想到那裡去。

齊昭見福妞發愣，又問了一遍。「若是父母之命，妳願意嫁給他嗎？」

福妞低下頭。

「或許是願意的。」

話一出口就後悔了，卻又不知如何收回。

齊昭覺得渾身一涼，但也只能自責，自責他如今身無所長，在王家寄人籬下，哪來的資格娶福妞。

他更沒有資格去阻攔她的親事。

福妞說完，就瞧見齊昭一直盯著桌上的蒸籠看，熱氣裊裊上升，他眉目有些朦朧，但依舊非常好看。

齊小五是個生得非常漂亮的男子，雖然才十四歲，但已是丰神俊美，宛如青竹一般，讓人心神嚮往。

想嫁給齊小五的女子可不少，福妞平日出去，好幾個鎮上的姑娘接近她，都在暗暗打聽她弟弟的事情。

有人問：「王福福，妳弟弟打算何時娶親？想娶什麼樣的姑娘？」

福妞看著來打聽的女孩子，不知道為何，就是覺得與齊小五不搭。

但若問什麼樣的姑娘才配得上齊小五，她又說不上來。

她就是覺得，自己辛辛苦苦救回來，又辛辛苦苦照顧長大的齊小五，不能隨便娶一個普通的姑娘，否則她會不高興的。

但為什麼會不高興，福妞說不清楚。

「齊小五，你想娶什麼樣的姑娘啊？」福妞問。

齊昭收回思緒，偏頭看她。

「我想娶，比我大的姑娘。」

他說完，也沒心思在這待著了，抬頭看了看天上的太陽。「我回去看看書，等下午客人多的時候再來幫忙。」

齊小五一走，福妞的心思就飄了起來，她想到方才齊小五說的，想娶比他大的姑娘。

她不就比齊小五大嗎？

福妞胡思亂想著，又覺得自己多慮了，如此心裡亂七八糟的持續到了晚上，還是她娘喊她，福妞才回過神來。

「福妞，把這些包子送去顧大嫂家，顧大嫂帶著孩子不方便來買，銀子已經先給我們了。」

福妞趕緊「哎」了一聲，拿了六顆灌湯包，放在籃子裡便提出門了。

小鎮上人來人往，她到了顧大嫂家，卻見兵荒馬亂的。

顧大嫂沒有公婆，丈夫每日早起出門做工，只剩她一個人在家帶三個孩子，這三個孩子是接連出生的，都只相差一歲，最大的也才四歲。

顧大嫂一見福妞便哭了。「大妹子，妳可否幫我去買些退燒的藥材？我這小閨女發熱了，她才一歲，我帶著孩子沒辦法去抓藥。」

福妞瞧見眼前三個瘦巴巴的女娃娃，瞬間就想起自己的四個姊姊，立即點頭答應了。「成，顧大嫂，我去抓藥。」

她趕緊出去了，一路跑到大夫那兒，抓了兩副退燒藥回去，還幫忙顧大嫂燒水、煮藥，給孩子擦身子、餵藥。等福妞忙完，出去一看，天都要黑了，得趕快回家了。

她有些怕黑，便急匆匆地走著，沒走幾步就聽到有人喊自己。

「福福！」

福妞嚇了一跳，回頭一看，是馮奇。

這個時候遇到馮奇，福妞有些慶幸，她真的很怕一個人走夜路。

「馮奇，你怎麼在這裡？」

馮奇說：「我去妳家包子店買包子，卻聽說妳來了這裡，想著天也晚了，怕妳一個人不安全，便來接妳。」

福妞有些感激。「多謝你了，我在顧大嫂家耽誤了一會兒，因此才晚了，走吧。」

兩人往回走了一會兒，馮奇一邊講笑話給福妞聽，一邊說道：「往後妳若是還有什麼跑腿的活兒，不妨喊上我。」

福妞笑道：「我家的事情，怎能一直煩勞你呢？」

馮奇想到兩人將來只怕是要成親的，便也沒說破。

他從口袋裡拿出一支木頭簪子。

「福福，我是個木匠，但做簪子卻不在行，手藝有些粗糙，妳瞧瞧喜不喜……」

他話還沒說完，前面忽然冒出幾個乞丐，指著福妞說道：「妳就是王家包子鋪的福妞吧！」

福妞不認識這幾個人，馮奇立即把她護在身後。「你們是誰？想幹什麼？」

那幾個乞丐囂張得很，藉著月色獰笑。「我們看上了這心靈手巧的小嬌娘，想玩玩，識相的趕緊給爺滾開！」

馮奇自然不讓，可這四、五個乞丐都是跟人打架鬥毆習慣了的，馮奇哪裡打得過。不過幾下，馮奇便被打趴在地，其中一個乞丐冷笑。「爺爺對你沒興趣！識相的趕緊滾！否則今兒要你狗命！」

福妞連連後退，被堵在牆角，她一個姑娘家自然害怕，卻見馮奇微微咬牙，起身一瘸一拐地走了。

他竟把福妞一個人留下了！

福妞心裡一涼，趕緊喝道：「你們幹什麼！光天化日之下，還有沒有王法？我勸你們趕緊打住，莫要害人害己。」

那幾個乞丐笑得色迷迷的。「爺爺既然來了，自然是不怕的。此處天高皇帝遠，妳爹娘丟了一個閨女，只怕想找都找不到。我們做乞丐的，哪裡不是家，弄死了妳，便去別處過活，怕什麼？哥兒們，給我上去剝了她的衣裳，誰叫這黃毛丫頭賣他娘的包子，搶了咱們劉老闆的生意。」

福妞心中又驚又怕，見幾個衣衫襤褸、目光猥瑣的乞丐朝著自己走過來，她的眼淚奪眶而出，拔下頭上的簪子往前刺去，卻被人一把抓住手腕。「黃毛丫頭，還敢反抗！」

幾個大男人，福妞哪裡敵得過？她心中絕望至極，心想若是今日真的被欺負了，不如一死了之！

眼下馮奇跑了，她也只有死路一條了。

可誰知道，下一秒，抓住她的那名乞丐被人一磚拍了下去，緊接著其他幾人也被悶棍敲了幾下。

幾個乞丐憤怒地轉身一瞧，月色下一個清瘦高䠷的少年，一手握著磚，一手掄著木棍，正目光沈沈地看著他們。

「放開她。」

齊昭聲音又冷又沈，幾乎是咬著牙說的。

他見自己放在心尖上的姑娘被幾個乞丐圍著，頭髮散亂、臉上帶淚，自是心疼得要命。

乞丐哪會怕齊昭，直接撲上去與齊昭打了起來。

五個人都是打架打習慣了的，兩人抱著齊昭的腿，兩人便去拉他的胳膊，另一人拿起磚頭就要往齊昭的頭上砸。

福妞原本嚇得瑟瑟發抖，瞧見齊昭被弄成這樣，立刻咬牙握著簪子往手拿磚頭的乞丐身上刺去，乞丐受疼立即鬆手，福妞便沒命地往其他幾人身上也一一扎去。

齊昭利用這空檔踢向那幾個乞丐，他如今力氣不比從前，然而在憤怒之下竟然一腳踢翻一個，再撿起地上的棍子沒命地打。

人在憤怒時的力量十分可怕，那棍子直接打暈了其中一人，其他幾人也拿起棍子與齊昭對打了幾下，卻發現齊昭又狠又準，他們根本打不到齊昭，半晌，只得拖著同夥逃竄。

等那些人不見了蹤影，福妞才帶淚看著齊昭。「你怎麼樣了？有沒有受傷？疼不疼？」

她說完，猛地抱住齊昭。「今日幸虧有你，否則我只有死路一條了。但……你怎麼這麼魯莽，直接就衝了上來。」

她說完又鬆開他，擦擦淚，仔細上下打量。「你可有受傷？身上疼不疼？我瞧見那幫混蛋的棍子有打到你。」

齊昭身上自然是疼的，方才那些乞丐可不是打著玩的，每一下都用了狠勁。

他見福妞梨花帶雨的樣子，只是抬手摸摸她的臉，替她拭乾眼淚，聲音溫和，宛如月色。「莫要哭了，我不疼。」

福妞眼淚掉得更快。「怎麼可能不疼？一定是很疼了。齊小五，你是不是傻子啊！」

齊昭勉強一笑，忽然猛地咳嗽幾聲，吐了一口血出來。

第三十三章　十指血藥引

齊昭這幾年好不容易養好的身子，因為這一場架，瞬間又垮了，時不時地咳嗽，最虛的時候連路都不能走。

王有正和衛氏都覺得奇怪，但齊昭不許福妞把那件事說出來，怕王有正他們擔心，福妞便只能嚥下去，仔細地照顧齊昭。

所幸眼下家裡銀錢充足，給齊昭看病、抓藥都不是問題，但不知道那時到底是如何傷著了，他這一病，足足病了兩、三個月都未痊癒。

福妞憂心忡忡，每天都高興不起來，倒是馮奇來找了她好幾次。

他面帶愧疚，說道：「福福，那一日我並非逃走，而是想去喊人……」

福妞冷淡地看了他一眼。「那你後來去喊人了嗎？」

她和齊小五與那些賊人糾纏了半天，也沒見馮奇喊人來。

馮奇面色猶豫。「天晚路黑，一時間沒遇到人，直到歸家之後……」

福妞輕輕一笑。「事情都過去了，也莫要提了。」

她本來就對馮奇沒什麼意思，如今更不會嫁給馮奇。

若沒有遇到適合的人，她便照顧齊小五一輩子，想想這樣也很好。

齊小五身子病得厲害，書都看不了了。王有正心想，只怕小五是參加不了鄉試了。一個男子身子如此，又無父無母，將來也是個問題。

平心而論，他的確不願意自己的閨女嫁給一個病秧子，那是他唯一的女兒，無論如何都捨不得她吃苦。

因為齊昭病得厲害，到了夏日還需王有正幫忙洗澡，他一個大男人都弄得滿身是汗，想到福妞若是嫁給這樣的人，這輩子不知要吃多少苦。

齊昭若是不娶妻，將來病好不了，還是得苦了福妞照顧他。

他思來想去，打算給齊小五娶一房妻子。

王有正把自己的想法和衛氏說了，衛氏也覺得有理。「小五命苦，若是咱們給他娶了妻子，往後也有人照顧他了，這樣也好。」

兩人談定了，便私下把想法告訴齊昭。

齊昭起初一愣，繼而心裡也明白他們的難處。

雖然不太能接受，但王有正夫婦心疼福妞的心思，他都明白。

齊昭從床上坐起來，面色蒼白。「王叔、嬸嬸，小五打算明年回鄉尋親，娶妻之事暫且還是等等，您放心，小五心裡都明白，往後絕對不會拖累福妞。」

王有正有些尷尬，但還是說：「那好，你再養養身子，等身子好了再說。」

等王有正夫婦從屋子裡離開，齊昭躺在床上，心裡難受許久。

他不知道自己為何突然成了這副樣子，那日打一架，竟然病得這麼厲害，未來的計劃也變得遙遠了起來。

如今生活軌跡完全不同，也不知道哪些事情會跟上輩子不一樣。

想來想去，齊昭只恨自己體質太差，竟然活成這樣。

他閉上眼，艱難地靠在枕頭上，神思混沌。

忽然，福妞進來了，她端著一碗藥，原本白淨的臉上還沾了些泥污。

「我今日遇著一位大夫，他聽說了你的症狀，便告訴我一個方子，我照著煮了一碗藥，你喝下去試試。」

齊昭睜開眼看著她，心中總算溫暖了些。他艱難地起身，一口氣把藥喝光了。

少年硬撐著用手扶住床畔，突然瞥見她手指頭包著布，便問：「手怎麼了？」

福妞倒是淡定。「沒怎麼，就是今日削馬鈴薯傷到了。」

齊昭目光沈了沈，拉過她的手看了看。「往後小心點，莫要傷著自己。」

福妞點頭。「我知道啦。」

她手指其實還很疼，但想到那位大夫的話，便莫名地升起希冀。

十指連心，取少女十指血為藥引，必能藥到病除。

但願，真的會靈驗吧。

福妞扶著齊昭讓他躺下好好休息，但他身子高大，扶他的時候難免吃力，齊昭略感抱歉。「妳日日這樣照顧我，都瘦了。」

福妞無所謂道：「胖了可不好看，我就喜歡自己瘦一點。」

齊昭有些心疼。「妳應當過更好的日子，對妳來說，我就是個累贅，若我遲遲好不起來，妳無須在我身上耗費心力，嫁個好男子，往後日子也不會差。」

若是他身子一直好不了，那必然不會拖累福妞。

可福妞一愣，半晌，才咬牙說：「誰跟你說我要嫁人了？我偏不嫁人！我就要照顧你，又如何？」

她說完才覺得自己情緒似乎有些激動，趕緊將聲音略微壓低了些。「我嫁不嫁人，你可管不著，齊小五，你先把身子養好吧！」

福妞賭氣出去了，齊昭卻笑了，他覺得心口那股鬱氣似乎也散開了。

齊昭在床上躺了三個月之後，總算能慢慢下床走路了。

可衛氏卻覺得奇怪。「福妞，近日妳怎麼這般粗心，十根手指接連受傷？」

她心疼得不行，福妞卻笑嘻嘻地說：「娘，沒事，都是小傷。」

衛氏搖搖頭，買了藥膏讓她搽上。

福妞其實怕疼，晚上就躲在自己屋子裡把紗布打開，皺著眉頭看傷口。

齊昭站在她的窗外，從窗戶縫望進去，心裡也在揪著疼。

他以前在京城就聽說過用十指血做藥引的方法，只覺得那些人殘忍，卻沒想到如今會用到自己身上。

他心愛的姑娘，拿十指血來救他。

齊昭似乎得到一股從未有過的力量，自那日之後，身子恢復得越來越好，到八月時已經可以正常走路，就是力氣不夠大。

他漸漸好起來，大家也高興，只是最近包子店有些不平靜。

劉大頭沈寂了數月沒敢再鬧，這幾日卻又換了花招，到王家包子店裡吵吵鬧鬧，說王有正私下欺辱他娘子。

王有正素來老實正直，根本未曾正眼瞧過劉大頭的娘子，何來輕薄一說？

可劉大頭的娘子哭訴得淒慘。「那一日晚上我出來有事，他便堵著我輕薄我，我清楚記得，王有正這畜生胳膊上有一處胎記……」

王有正一凜，衛氏也是一驚，王有正身上的確是有胎記。

劉大頭媳婦哭得更狠。「我原想隱瞞不說，可誰知道王有正這個喪盡天良的傢伙，找到機會便來欺負我。我實在忍無可忍，今日就是一死，也要讓大夥兒看清楚他的真面目。王有正，你把你袖子掀開，讓大家瞧瞧是不是有胎記！」

王有正呼吸急促，他的確跟這個女人沒有任何關聯，但胳膊上確實有胎記。

劉大頭揮著拳頭便要打過來。「你這個畜生！看我今天不打死你！」

福妞和衛氏嚇得立即上前要說理，小店裡亂成一團。

就在此時，齊昭從外頭回來了，他走得很慢，但聲音卻帶著威懾。

「劉大頭，我沒有去尋你，你倒是上門來了，這可是你自找的。」

劉大頭回頭一瞧，是王有正養的那個病弱小子。他心裡原本就對齊昭有氣，此時眸中冷色一閃，道：「臭小子，你也來找死？老子今天滿足你！」

第三十四章　保持距離

劉大頭囂張跋扈，想著王有正嘴巴笨、易衝動，便故意激怒王有正，想讓他犯事，再以此為理由把他們從鎮上轟出去，誰知道冒出個姓齊的病秧子。

他可不把齊昭放在眼中，捋起袖子便要打。齊昭身子雖不算完全好了，但已有了幾分力氣，便一把抓住劉大頭的胳膊。

齊昭看向劉大頭的媳婦張氏，張氏正在撒潑哭鬧，搞得跟真的一樣，要死要活的。

齊昭聲音清朗。「張家十口人於三年前被毒死，而後財產盡歸張家女婿劉大頭，劉大頭因此有了銀子做生意。當初張氏去報官，卻遲遲沒能找到凶手，今日，我便告訴妳凶手是誰，那人便是妳的相公劉大頭。」

張家滿門遭毒死可是慘案，鎮上誰不知道？

張氏痛苦了好幾年，劉大頭時不時安慰她，要她看開點，張氏也十分感念相公的貼心，如今聽到這話，立即嗆聲道：「你少胡說！他是我相公，我張家對他恩重如山，他又怎麼會做那種事情？你休想以此為藉口離間我們！」

齊昭猛地鬆開劉大頭的胳膊，劉大頭臉色已經有些變化了，齊昭笑道：「張家老爺子是做遊走生意的，素來喜歡帶著一把黃銅算盤，張家滿門被毒死，黃銅算盤去了哪裡妳可知道？」

張氏站不穩，心神不定，哪還記得哭鬧。她回想了一下說道：「算盤在我爹死之前便被人偷盜了，我爹大怒，發誓要找出算盤……」

「可是，算盤為何會在劉大頭身上呢？」齊昭問。

劉大頭腰上的確掛著一把算盤，是黑色的，他非常喜歡那把算盤，走到哪裡都帶著。

眾人看過去，王有正覺得奇怪。「他那算盤是黑色的。」

未等齊昭開口，福妞說：「那是黑色的漆。」

張氏眼睛瞪得老大，便要去看那算盤，劉大頭起初不肯，張氏索性一把搶走算盤，往地上一砸，果然掉了些漆，再用刀片一刮，裡面的黃銅顏色便顯現出來了。

張氏悲憤欲絕。「相公！」

劉大頭趕緊解釋。「不，我這算盤是在老丈人死之後找回來的，我怕娘子瞧了心裡傷痛，便塗了一層黑漆，並非是我偷走了算盤。」

齊昭冷笑。「你不僅偷走了老丈人的算盤，還順手給了他一刀，因此你老丈人才憤怒不已，發誓要查出凶手……」

劉大頭怒道：「你少血口噴人！」

「劉大頭，我哪裡血口噴人了？那一晚你潛入老丈人家裡，還有一個目的便是與小舅子的娘子私通……然後，你們兩人說好偷了黃銅算盤便私奔……」

劉大頭聽了直喘道：「我不許你誣衊惠娘！我那一晚只是去偷算盤，並未與她私通！」

他急著維護惠娘，竟然脫口而出這樣的話。

張氏雙眼通紅。「好啊！劉大頭，竟然真的是你！所以，下毒的也是你？你毒死了我張家上下十口人？」

她說著便上去拉扯劉大頭，大夥兒都倒抽了一口冷氣，誰也沒有想到，三年來都沒查出真相的案子，凶手竟然是劉大頭。

那可是劉大頭娘子的娘家人，他竟能下此毒手！

劉大頭自知失言，張氏強行報官，他死活不肯承認。

縣丞大人得知自己三年都未能破的案，被一個姓齊的破了，便立即讓人請來齊昭。

齊昭也沒拒絕，等到了之後，縣丞發現他就是之前來過的那個小子，不禁有些吃驚。

先前那回齊昭警告他說濟州府尹林大人岌岌可危，莫要再生事以免遭到連累，他便聽了。後來林大人還真的出了事情，幸好他撇得清，否則真要被連累。

此次這案子若是能破，還能增加他的政績呢！因此，縣丞對齊昭頗為客氣。

齊昭自然看不上這等昏庸之人，但關於劉大頭之事，他暗中勘察走訪了不少人，如今好不容易把劉大頭送到官府，自然要推波助瀾一番，讓他下獄。

這等小案，對齊昭來說根本輕而易舉，只須對凶手身邊的人做一番查證，再推理，找到人證和案發現場的證據，就足以讓劉大頭定罪。

劉大頭竟然殺害了丈人一家，這簡直驚動了整個鎮子的人，張氏悲慟欲絕、憤恨不已，只恨自己眼瞎，竟然任由丈夫殘害娘家人。

因為手段殘忍，劉大頭自然要被砍頭。行刑那日，張氏沒有一絲不捨，反倒十分痛快，去為自己娘家人上了墳，又去向齊昭致謝。

齊昭倒是沒見她，反正他做這些也不是為了她。

王有正和衛氏想到劉大頭做的壞事，竟然還有偷盜他們家醃黃瓜的做法和找人欺辱福妞，便恨得要死。

還好，劉大頭死了，他們也不怕了。

王有正看齊昭的眼神驀地就變了，但心裡卻更加確信，齊昭肯定不是普通人。

想到福妞和齊昭的關係，王有正決定與齊昭說清楚。

他們兩個，不如就當兄妹吧！

今日福妞和衛氏看店，王有正便擺了酒，把齊昭喊了過來。

「小五，咱們還沒一起喝過吧。」王有正給齊昭倒了一杯。「你只喝一點便可，主要是王叔想跟你說些心裡話。」

王有正這兩句話讓齊昭心裡一頓，這場景實在過於熟悉，上一世王有正便是這樣收他為義子，要他和福妞宛如親生姊弟一般，不能對福妞有任何別的想法。

齊昭坐下來。「王叔，我現在身子還不錯，陪您喝。」

他端起一杯酒，喝了一口。

上輩子，齊昭不知道多少次在難以入眠的夜裡用酒把自己灌醉，可這輩子還未曾喝過酒，就這麼一口，心頭就被辣得如火燎一般。

他忍受不住，還是咳嗽幾聲。王有正嘆氣。「你的身子，我們也用盡了法子，沒想到還是這般……唉。」

齊昭撐著桌子，努力忍住咳嗽，說道：「王叔，您找我什麼事？」

王有正也不瞞了。「我是個粗人，便直說了吧！當初，我們把你帶回家，也沒存著其他念頭，就是覺得你也是條命，不能平白丟了，何況我孩子少，多一個熱鬧些，對待你也是真心誠意的。」

齊昭點頭道：「王叔待我的恩情，小五都清楚記得。您對我來說，就是再造父母，小五這輩子若有機會，一定報答。」

王有正笑笑。「我沒有指望你報答，就是想著能把你撫養成人，再給你娶一房媳婦便好了。福妞呢，是我好不容易才養大的閨女，我沒指望她能大富大貴，只希望她平平安安、順順利利。你來的時候已經十一歲了，從前的事情應該都記得，你不說，王叔也沒問過，從前不問，往後也不會問。但是，我們對你好，不指望你報答，卻也不希望，哪一日，連累了福妞。我說這話，是自私了些，但，希望你能懂。」

齊昭心口彷彿壓了千斤重的石頭。王有正是他的恩人，卻也是他心儀女子的父親。

無論王有正說什麼，都沒有錯。

錯的是他，身子不好，身世不好。

若是換了旁人，必定早就不管他了。

齊昭抿著嘴，再次端起酒杯。這回，一大口酒喝下去，卻沒有難受的滋味，只覺得痛快。

彷彿回到了上一世他找到福妞的那晚，他的腦海中不斷浮現出福妞被人從井裡打撈起來的樣子。

「若是你不願在此娶妻，想要回鄉，王叔也願意送你一程……」

齊昭忽然抬頭，開始說道：「我是京城順安王的第五子，由妾所出，我爹極其寵愛我娘，乃至我娘死後，我依舊是旁人的眼中釘，自小便被人暗中凌辱。爹不喜歡我，認為是我害死了娘，便不聞不問。王府裡的大夫人恨不得我死，十一歲那年，藉口送我去治病，在荒山中拋下我，想要讓我在冰天雪地裡凍死。」

本來，他的確會被凍死，只是他遇上了福妞。

王有正目瞪口呆。他原以為齊昭頂多是富庶的人家所出，萬萬沒料到竟與皇室有關。

他一介布衣，從前窮得連飯都吃不起，真是難以想像那些未知的世界。

齊昭忽然撩起衣襬，走到旁邊，跪了下去。

「王叔，小五身子不好，出身低微，自知沒有任何資格去貪求不該想的事情，但是，若小五能有出人頭地之日，不知道王叔可否願意讓小五也有機會……」

他眸中都是渴望、期待，在看著王有正的時候，甚至帶著可憐的請求。

王有正縱然再遲鈍，也懂了。

當初他喜歡福妞的娘也是這樣，滿心滿眼都是她。

可是，如今身為福妞的父親，他總算明白了，就是捨不得自己的女兒受苦。

「你該知道，福妞是我和你嬸嬸歷經千辛萬苦才養大的，絕對不可能讓她吃苦。我也與你說一句實話，姑且不說你目前沒得勢，就算你得勢，是王府的嫡長子，我們兩口子恐怕也不願意把福妞嫁給你。大家族中關係複雜，男人妻妾成群，鬥爭數不勝數，我雖未曾見過，但也聽說過。福妞老實單純，吃不了那些苦。」

齊昭眸子垂下去，跪在地上沒有起來，很肯定地說：「那若是我某日得了勢，又只疼她一人，可否？」

王有正沒有說話，許久才嘆氣。「此事只怕難如登天。」

齊昭深深給他磕了個頭。「請容小五一試，待過了今年冬天，明年小五便回鄉，能不能成，很快便知。」

這番談話之後，齊昭為了怕王有正多心，與福妞更是保持距離，話都說不上幾句，搞得福妞很不高興。

她有時候就板著臉問他。「我很凶嗎？你為什麼不看我？」

齊昭漫不經心地說：「妳想多了。」

福妞便又笑。「哎呀，你是不是身子不舒服？我再去抓藥給你吃？」

她日日都想著他，什麼排骨、紅糖、山藥，時不時地煮湯給他喝，齊昭被養得氣色好了許多。

可無論福妞如何做，齊昭總是對她淡淡的，福妞氣得回屋委屈地哭了。

她知道齊昭是在乎她的，否則不會在那次危難中拼死護著她。

可他現在這個樣子，實在叫她難受。

難受了一會兒，福妞想到齊昭的褲子還未做完，便拿出針線，卻瞧見門下被塞進一本書。

福妞拿起來翻開第一頁，是她未曾讀過的詞。

「兩情若是久長時，又豈在朝朝暮暮。」

福妞讀到這兩句話，臉上一紅。不知怎的，她總覺得，齊昭是在意她的。

夏日過得很快，轉眼便到了秋日。因為劉大頭死了，王有正暫時沒有了競爭對手，包子店的生意越發興旺。

他們有了錢，便多開了一間鋪子，此外又租賃了個小院子住。

齊昭每日閉門不出，出門的日子就是去賣自己抄寫的書。他的字跡好看，倒是賣了不少銀錢。

福妞每回在自己窗檯上瞧見紅豆糕，便知道齊昭又賣了書，特意買給她吃的，心裡免不了甜滋滋的。

但她還是不解，齊昭為什麼不願意與她多說說話呢？

福妞去問衛氏，衛氏便道：「妳是姑娘家，他是個小夥子，為什麼要跟妳多說話？」

原來如此，福妞想到這也覺得好笑，他們不是親姊弟，這樣才是正常的。

不過，福妞還是把齊昭過冬穿的衣裳全都做好，天冷了，就一起送到他的屋子。

齊昭打開門，瞧見福妞手裡捧著整整齊齊的衣裳。「這些都是為你新做的，你回頭試試好不好看。」

齊昭「嗯」了一聲，遞給她一本書。「妳有空便看看這本書。」

他偶爾還是會教她認字，雖然話不多，還保持距離，福妞倒也習慣了。

她拿著書笑道：「好。」

福妞回到屋裡，一打開書便瞧見一盒胭脂。

漂亮的雕花盒子，打開來是帶著芬芳香氣的嫣紅胭脂，她喜歡極了，卻捨不得用，悄悄地藏了起來。

齊昭在門口站了一會兒，才緩緩關上門。

他心裡悶得厲害，越是這樣與她保持距離，他就越是難受。

方才見她站在門口，白淨的臉、烏黑的髮、明亮的大眼睛，每一處都那麼漂亮，他想摸摸她的臉，卻覺得這個就在眼前的人，比在天邊還要遠。

還好，他已經計劃好了，明年便回京城一趟，到時候無論成不成，都有了結果。

原本這個冬日會安然無恙的，可誰知一場大雪壓了下來。

起初人人歡喜，瑞雪兆豐年，可大雪持續了許久，連著半個月都未曾消停，弄得大夥兒日常生活都成了問題，人人叫苦。

大雪天氣極其寒冷，炭很快便賣光了。路上幾乎不能走人，處處都是幾尺厚的積雪，時不時崩落，還有人在郊外被雪壓住，等被人發現時身子都硬了。

外頭的人進不來，裡頭的人出不去，竟是成了雪災。

若是大風一來，夾裹著風雪，可以把屋子都掀翻，不少人因此流離失所。

福妞一家先前租賃的房子就被雪壓塌了，一家子慶幸後來又租了新的房子，才沒有遇到危險。

齊昭比誰都急，他深知情況的糟糕，若是這個鎮上雪災，只怕別處也是雪災，如今皇帝正病得嚴重，朝廷混亂，誰來處理雪災？

他一顆心亂撞，夜夜睡不安穩，只想立即飛回到京城。

還好，過了幾日，京城便來了人賑災。

齊昭遠遠看見了來人，正是國丈的小兒子裴世安。

裴世安沒什麼才能，仗著家世自覺尊貴，得了不少差事卻沒有一件辦得妥。齊昭瞧見他，心裡便冷了幾分。

只怕這雪災不僅治理不好，還會更嚴重。

但他心想，說不定裴世安改性子了。可沒有料到，僅僅三日，鎮上就發生了暴亂。

第三十五章　宿敵

雪災缺糧，人人都又冷又餓，可裴世安從餉銀裡貪了不少，到了底下便不夠分。人們餓極了，便對他產生意見，跑到他下榻之處的外頭大喊大鬧，辱罵朝廷不顧百姓死活。

裴世安在屋內焦急地走來走去，怒道：「這些刁民怎會如此難伺候！一人一個饅頭還不夠？鬧什麼鬧！」

一人一個饅頭，要頂上一天，哪夠呢？

何況這還是鎮上的狀況，村子裡不知有多少人分不到，已經數不清餓死的人數了。若有誰家人死了，情緒自是更加激動，哪裡控制得住，都想問問朝廷徵收的賦稅花哪裡去了。

眼看外頭災民越來越多，裴世安心煩不已，卻也沒有法子，最終只得命人鎮壓，誰知道這一鎮壓，災民們奮力抵抗，小鎮上血流成河。

就連一向昏庸的縣丞都跪地哭求。「裴大人，這些可都是活生生的命啊！若是只靠蠻力鎮壓，回頭、回頭被朝廷知道，只怕……就連您都會被牽連啊！」

那些命，在裴世安眼中竟然什麼都不是！

裴世安冷笑一聲。「賤命而已，有何可怕？只要堵好他們的嘴，誰會知道？」

縣丞抖如篩糠。「可人活著，嘴總是在的，總不能把所有人的嘴都堵上……」

「那便盡數殺光！本官的姊姊是皇后，本官是欽差大臣，還能怕了這些人不成？」

其實史上也曾殺人救災，人少了，東西就夠吃了，熬過這個寒冬，一切都會平靜。

可這方式實在過於殘忍了。

小鎮被封，血流成河。裴世安坐在屋子裡，炭火燒得很足，一點都不覺得冷。

王有正從外頭打探消息回去，趕緊把門拴上了，如今日子難熬，不少人見了別家有食物就會搶。

他們囤了些吃的，但也不多，不敢都給旁人。

衛氏、福妞和齊昭正在堂屋喝熱茶，見他回來，齊齊看向他。

王有正面色焦急。「外頭亂得不行，處處都是血。那位裴大人簡直不是人，咱們之前的房東大娘被活生生打死了，裴大人直接讓人把幾十具屍首拖走，不知弄到哪裡去了。」

齊昭猛地站了起來，福妞也睜大眼睛。「爹！怎麼會有這樣的事？他不是朝廷派來賑災的嗎？」

王有正嘆氣搖頭。「咱們底層的人，毫無還手之力，還能怎麼辦？朝廷如此，實在讓人寒心。」

齊昭曾經見過裴世安。

五歲那年，他身子稍微好些了，有一回去花園裡散步，遇上了大哥、二哥和裴世安，這三人正在玩耍，瞧見他便不高興，上來奚落了一番。齊昭悶不吭聲，不想招惹他們，誰知道裴世安為了巴結齊家兩位公子，便一腳把齊昭踹倒了，還一邊笑說：「那種女子生的兒子果然禁不住踹，沒骨氣的東西，哪能跟齊大少爺、齊二少爺比呢？」

三人說說笑笑，從齊昭的手上踩過去，又命人看著齊昭，不許他走，他只得待在寒風裡瑟瑟發抖。

那時他才五歲，回去之後又冷又餓，廚房也不給送飯，末了只說是下人忘了，反正也無人在意。那次之後齊昭又病了一場，身子骨兒便更差了。

當年的裴世安如此，如今竟更加卑劣。齊昭聲音冷冷淡淡地。「他姓裴的是人，咱們也是人，若是咱們不懂反抗，只怕哪一日他要屠戮整個鎮子都有可能。不如，咱們先動手。」

王有正也是這樣想的，他們在鎮上開包子店，賺的都是附近鄰里的錢，大家互相認識，有不少人關係還十分親近，如今看著他們遭難，王有正心中也是怒意橫生。

衛氏和福妞都十分擔心，可齊昭和王有正不許她們跟著，要她們好好待在家裡，兩人便走了。

第二日，裴世安住的屋子塌了，直接砸暈了裴世安，屋頂上的雪也壓了下去。屋子塌了之後，外頭許多災民都湧進去暴打裴世安、哄搶糧食。

裴世安所帶隨從不多，混亂中被人砍傷，無奈之下只得趕緊著人回京請求救援。

如今皇上重病，順安王也是病懨懨的，太子雖為皇上唯一的兒子，但因為姦殺了宮女被禁足，朝廷上下只有順安王的長子齊圳堪堪能用。他聽聞裴世安搞砸了賑災一事，表現出非常失望的態度，為了展示自己的本事，立即請求親自前往災區。

其實朝廷上下都在觀望。若是皇上駕崩，理應由太子繼位，但太子無德無能，便只能由順安王代為執掌政事。

如此看來，只怕皇上一走，皇位便成了順安王府的。

但順安王嫡子齊圳一向聲譽極好，誰不道一聲年少有為、坦蕩磊落？不少人其實很支持齊圳上位。

齊圳此次前去救災，便是想博一個好名聲。到時由他爹先繼承皇位，他便是太子，等他爹一去，他便是真正的皇上了。

這個裴世安，本就是齊圳故意放出來攪局的。

裴世安被塌陷的屋頂砸斷了腿，齊圳趕到之後又怒斥他一番，還當眾主持公道，為枉死的災民們責罰裴世安。

這讓裴世安非常意外，他自小便知道裴家位高權重，但他沒什麼本事，只能靠著巴結順安王府的嫡長子過活，想著兩家都是有權有勢，他和齊圳也算是強強聯合、難有敵手，可萬萬沒有料到齊圳會這般利用他。

「齊圳……」裴世安躺在床上，一雙腿血肉模糊，咬牙切齒。

齊圳站在那裡，面無表情，一身浩然正氣。「世安，你既然雙腿已廢，也怪不了旁人，來日我自會安頓你，你別多想了。」

他說完便走，沒有一絲停留。

裴世安氣得渾身發抖，但也知道自己鬥不過齊圳。如今齊圳前程大好，被他利用，自己只能忍了。

雙腿的疼痛加劇，裴世安睡得不沈，半夜醒來就見床畔站著一個人，穿著黑色的衣裳，臉蒙了一半。

「誰？」他想要爬起來，腿上卻疼得厲害。

「你無須知道我是誰，只要知道你快死了便是。齊圳就是要利用你來成全他的好名聲，他是不會留你一命的。」

裴世安自然不信。「他再如何也不會要我的命。」

「你殘害了那麼多百姓，他若是不拿了你的命，如何擔得起賢德二字？如何擔得起大義滅親幾個字？你以為齊圳為何要與你走得近？這些年你不斷惹事，並不是個能做大事之人，他就是要讓人知道，他與你關係好，你做了錯事，他寧願捨棄知己，也要為百姓討回公道。」

裴世安怕了。「你到底是誰？」

那人冷笑。「真正的肥差可不是來此地賑災，那些好處都被齊家二少拿走了，你難道還想不通？我只告訴你，此番不是你死，便是齊圳死，你若不死，他回去也交不了差。自己掂量吧。」

那人說完便走了，裴世安越想越對。

從前他真以為齊圳與自己交好，可現在想想，齊圳是看不上他這種人的。

許久之前，齊圳就把他當成一個棋子在來往，如今總算用上了。

想到自己會沒命，裴世安心如死灰，第二日災民又來鬧，他著人把齊圳喊了進來。

齊圳頗不耐煩地道：「你有什麼事情，非得現在說？外頭那些暴民還在鬧，都是你幹的好事！」

裴世安蒼涼一笑。「齊大哥，我錯了，我一開始就應該好好做人，你過來，我給你一封信……」

齊圳想著裴世安只怕回不去京城了，便走了過去，可誰知道，裴世安迅速抽出一把刀，直接捅進他的肚子裡。

幾乎是一瞬間，齊圳便倒了下去。

鮮血噴了裴世安一臉，裴世安面目猙獰。「老子像狗一樣巴結了你那麼多年，你竟想要老子的命？老子也不是吃素的！老子可是當今皇后的親弟弟！」

裴世安是狠毒，卻也不是完全沒腦子。災民們的情況因為齊圳帶來的大量糧食緩解了，齊圳卻死了，裴世安悲痛地去書一封，說是齊圳被暴民殺死，他已經當場解決了暴民，等這邊的事情處理完，便會立即回去負荊請罪。

齊圳死了？這對整個朝廷來說簡直就是晴天霹靂！

順安王當場落淚，皇上聽聞這個噩耗，更是直接昏死過去。

而齊昭正坐在廊下，看雪，喝茶。

他想起，有一次無意中聽到大哥齊圳和二哥齊南說話，說到他，兩人都是不屑一笑。

「當初弄死他娘，竟然沒有弄死他，真是可惜。」大哥雲淡風輕地說道。

「算了，大哥，那個賤種遲早要死，只是死得太早未免惹爹爹懷疑，不如再等等。」二哥勸道。

齊昭捏緊手裡的茶杯，忽然，肩上落了一披肩，福妞皺著眉對他說：「你怎麼回事？這麼冷的天，坐廊下喝茶？」

只是短短一瞬，齊昭被她從回憶裡拉出來，他輕輕一笑。「有妳在身邊，不冷的。」

福妞微微一頓，也跟著笑，兩頰上是淺淺的酒窩。

「我又不是火盆，怎麼我在身邊就不冷了呢？」

第三十六章 進京治病

齊圳死後，順安王立即派二子齊南前去處理此事。齊南知道大哥將來前途無量，一向依賴大哥，如今大哥死了，自然也是悲痛萬分，他心想此事定與裴世安脫不了關係，等他到了，必然要讓裴世安就地謝罪。

可誰知道，裴世安被逼急了也是夠狠，又得了不知誰的主意，竟然服藥吐血，身子搖搖欲墜，跟快死了沒啥區別。

裴世安的隨從向齊南說道：「一切都是那些暴民所為，他們殺死了齊大公子，又把我家公子害成這樣。」

就這般，齊南如何下得了手？況且裴世安也不是全無家世，背後還有皇后撐腰，如今皇上還未死，齊家若拿國丈之子開刀，那也是風險極大的。

此外，齊南不是沒想過，若皇上死後，太子無能，只能由父親順安王繼承大統，眼下齊圳沒了，總有一天皇位會落到他齊南身上。

這是齊南從前不敢想的，他一想到自己有可能坐上龍椅，對大哥的死也就沒那麼悲痛了，更沒打算懲戒暴民，反倒用帶來的糧食、衣物，好好地安頓了鎮上的人。

因為風雪不再肆虐，齊南竟然賑災有成，大夥兒對他感恩戴德，人人都道順安王的次子為人正派又穩當睿智，比齊圳更好上許多。

齊南得了這樣的誇讚，心情自然不錯。

他命人把大哥的屍首封存好，打算盡快回京。

半死不活的裴世安也被一併拉回京城。

臨行之時，齊昭和福妞一起在人群裡往那兒看。

齊南生得高大英俊，他不擅長習武，但書讀得不少，雖然不如齊圳那般耀眼，但也是個人人稱道的好男兒了。

誰人不說，順安王的長子齊圳是輪明月，次子齊南便是明月旁的星星，他是不如大哥，但也是尋常人摸不著的。

福妞瞧見齊南那張臉時微微一愣，再看看齊昭，疑惑道：「他怎的……長得與你有些像？」

但再細看，好像又不是很像。齊南雖然五官生得不錯，但眸中暗藏心機，偶爾遮掩不住，便讓人心生警戒，且他臉型較寬，沒有齊昭生得那般精緻。

齊昭的臉溫潤白淨，瞧不出什麼瑕疵，他不說話時淡淡的，卻也不讓人感到威脅，只覺得他冷淡如謫仙一般。

聽到福妞的話，齊昭微微不悅。「是嗎？」

福妞卻又笑了，眼睛裡彷彿漾著春日的陽光。「可是他沒你好看，比你差得遠呢。」

這個世上，齊小五最好看。

齊昭這才淺淺一笑，輕輕抓住她胳膊。「這兒還是冷，我們回去吧。」

兩人正要走，馬背上的齊南竟然恰好瞇眼看了過來。

起先，他覺得那個穿著灰色長襖的少年長相有些熟悉，很像年輕時的爹爹，但再一瞧卻覺得比爹爹好看許多，且這少年穿得窮酸，定然不是自己認識的人。

齊南恍惚間想到從前那個齊小五，但當初回來覆命的人說，他們把病得快死了的齊小五丟在冰天雪地的山洞裡，還親手抓著齊小五的脖子，灌下了一碗毒藥，看著他吐血而亡，這才回去的。

既然都吐血而亡了，又怎會出現在這個世上？

齊南沒多想，便被旁邊的少女吸引了。

少女穿著一身粉色夾襖，脖頸上鑲著毛領，看起來不是上乘的工藝，倒像是鄉野人家自個兒打的狐狸尾巴做的。她臉蛋粉嫩，五官精緻，一雙眼如杏，幽幽含著春水，有一股純天然的白嫩清新，瞧得齊南心中一跳。

他不是沒見過美女，京城美女如雲，教條禮儀學得周全，但齊南都不喜歡，他覺得那些女孩都像人捏出來的，骨子裡無一不想著權勢和地位，就算娶了回去，也不會是真的愛他。

他喜歡乾淨的、純粹的、楚楚可憐的女孩子，就如眼前這個女子一般。

齊南策馬過去，齊昭心中一沈，驀地握住福妞的手就要走。

「站住。」齊南居高臨下地看著他們。

齊昭心中壓抑著一股恨意，他還記得自己被扔到山洞時，護送他的其中一位老僕人啞著嗓子說：「五少爺，老奴無能，當初得了您的恩情，如今也回報不了，二少爺逼迫老奴給您灌了毒藥再走，可老奴下不了手。五少爺，您在山洞裡，若能挨得過去，遇到人救您，往後便好好過活吧，莫要再回王府，那兒是吃人的地方，您會活不下去的。」

老奴哭了一場，把齊昭留在了山洞裡。

他的二哥齊南，如此殘忍歹毒，如今就站在他面前。

齊南盯著福妞問：「多大了？」

福妞有些慌亂，她不認識這人，但也知道是朝廷來的，必定權勢極大，還不知該如何反應，齊昭忽然替她答道：「內人十六，有孕月餘。」

他這幾個字，讓齊南眉頭一皺，心中有些不快，但也只能調轉馬頭離開。

福妞一愣，轉頭看向齊昭。「你……」

「內人十六，有孕月餘」，是說她是齊小五的妻子，已經懷孕一個月了嗎？

他怎麼可以這樣！

福妞滿臉通紅，掙開他的手便跑，這個齊小五，怎麼可以什麼話都說！

但跑了幾步，福妞忽然明白了他的用意。自己這張臉，不知道被多少人誇過，福妞也清楚，她比一般女子生得好看，齊小五那麼說是為了救她罷了。

想到這，福妞便轉頭去看，卻發現齊小五沒有跟來，她瞬間有些失落。

福妞嘴巴一抿，有些想哭，可下一秒，齊小五舉著串糖葫蘆跟了上來。「吃嗎？」

紅通通的糖葫蘆，看著就誘人，福妞嚥了嚥口水。「不吃。」

她故意裝出生氣的樣子，想讓齊小五哄她，可齊小五卻只是笑著把糖葫蘆伸到她眼前。「真不吃？」

甜滋滋的糖殼已經碰到了唇，她小心地咬了一口，好甜。

齊小五眉毛微微一挑。「遲早，都還是要吃。」

他突然來了這麼一句，福妞心中頓一下，但也無法細想到底什麼意思。

齊南帶著齊圳的屍首和裴世安回了京城，裴世安原本病懨懨的，看起來就像是要死了一般，等回到裴家，倒是甦醒了過來。

而齊家哀樂陣陣，都在祭奠齊圳。

順安王帶病站在院中，面色沈得像寒水，眼睛一閉，老淚便落了下來。

他一向器重長子，哪怕當初齊圳為了自己的生母害死了他最愛的妾，還弄沒了五子，他都沒有追究。

他當初因為在外征戰沒能坐上皇位，心中一直遺憾，這些年早已盤算好了。

皇上和皇后伉儷情深不納后妃，只生了太子一脈，太子卻又昏庸無能，都是他一手策劃的，他早就等著坐擁天下那一日，因此也把齊圳當作未來的太子撫養。

但沒想到，齊圳就這樣死了，他無法接受。

齊南那個蠢貨沒有膽量弄死裴世安，無論裴世安是否無辜，都必須給他的圳兒陪葬。

順安王府此時不能輕易下手，但，裴世安依舊得死。

裴世安殺了齊圳之後，的確夜夜噩夢，加上雙腿殘廢，導致身子並不好，但人總是想要活下去的。

他父親早死，如今姊姊雖是皇后，但皇上都要死了，皇后又能如何？

裴世安急到不行，就在此時，收到了一封信。

甫打開那封信，他嚇了一跳，這分明就是齊圳的筆跡。

但看下去後，裴世安卻不怕了。

這信不知道是誰寄的，卻教了他一個絕佳的法子，那便是拿另一封齊圳筆跡的信交給順安王。

裴世安想了又想，最後決定冒死讓人以自己的名義把信交給順安王。

順安王得了信，先是大怒裴世安還敢聯繫自己，看了信之後，更是氣憤。

信上是齊圳的筆跡，卻是字字都在請求父親好好培養二弟，將來家業都給二弟，他自覺無能，處處壓制二弟，這才被人看好，其實齊家最賢能的人是二弟。

順安王把信甩到齊南臉上。「看看！」

齊南看完震驚了。「大哥、大哥當真這樣說？」

順安王一腳踹了上去。「你大哥絕對不是這樣的人，在老子面前玩這種把戲？你只怕是早就與裴世安勾搭，一起害死了你大哥。畜生！就算你大哥死了，你冒充他寫上十封信，我也不會讓你繼承順安王府的任何位置。」

齊南完全不明白發生了什麼事，在他看來那就是齊圳的字跡，順安王卻知道，那不是齊圳的字。

他幾個兒子的字都是他教的，雖說小五最用心，寫字最好看，但他最喜歡齊圳的字，遒勁有力，旁人難以輕易模仿。

這字看似齊圳的字，但卻少了一絲狠戾，多了些綿軟。

順安王偏愛長子，一怒之下撤去齊南的官職，責打了五十大板，下半身幾乎打殘了，也不許人去照看。

至於裴世安，順安王稍稍用了些伎倆，裴世安腿上的傷口便潰爛不止，不須弄死他，只讓他這般活著已經是生不如死了。

如今失了長子，次子不中用，老三和老四都秉賦平庸，順安王心中焦灼。

他在祠堂裡閉眼坐了許久，忽然想到了小五。

從前他是很喜歡小五的，在小五還很小的時候，常常教他讀書寫字，只是後來就不喜歡了，因為他發現小五並不是逆來順受的性格。

小五和他娘不太像，除了都長得好看之外，性子截然不同。

他娘就是小白兔一樣的性格，完全不會攻擊人，所以死的時候沒有掙扎，而小五，是會咬人的。

順安王注意到這點之後，便壓下心中對小五的喜愛，任由其他人擺弄他。

順安王府最重要的是嫡長子，小五錯就錯在他是五子，又是庶子。

祠堂裡很靜，香火繚繞，順安王睜開眼，看向小五他娘的牌位，聲音幽幽。「妳若是早些遇上我，做我的王妃，小五便是嫡出，那就再好不過了。」

可惜……一切都不能重來，他最愛的女人和兒子死了，如今最器重的兒子也死了。

這個年很快過去了，到了正月中旬，天氣慢慢晴朗了起來，可衛氏卻生了病。

她上一回生病也是冬日，如今似乎是一到冬日便要生病，雪災過去，王有正、福妞和齊昭什麼都無法做，整日伺候衛氏，可衛氏的病情卻始終不見好轉。

王有正眉頭緊鎖，附近能請的大夫都請了，有的大夫說這病就是這樣，得慢慢來；有的大夫說她這病難治，若想好得快些，得去州府找人治。

衛氏日夜咳嗽，體力不支，下面也不住地流血，眼看人越來越瘦，王有正找來了齊昭。

「你原先在京城，可知道那裡有沒有什麼好大夫？」

齊昭病了那麼多年，自然知道，他想了想說道：「京城好大夫是很多，但也不能保證一定能治好。不過，咱們還是得試試，今年京城將要大變，回去也好。」

他正想著要如何回京，這會兒倒是趕上了。

一家子既然決定去京城，便趕緊弄了牛車，準備好行李。可衛氏急到不行，說：

「去京城得花多少銀子？哪有那麼多冤枉錢可花？不去，不能去！」

他們辛苦攢下來的銀子是要給福妞的，去京城治病幹啥？她若是好不了，死了也就死了，但若是銀子花光了，要掙回來就很難了。

王有正和福妞哪管衛氏拒絕，硬是要帶她去京城治病。

末了，四人趕緊動身，正月底從小鎮出發。

他們帶著衛氏，不能走太快，何況牛車本身也走不快，只能慢慢來，預計至少要半個月才能到。

福妞隨身帶了個小鍋，走一走便停下來煮些熱湯，一家人暖暖身子。

一路上見多了旁人的馬車，福妞有些唏噓。

馬車跑得比牛車快，且有錢人家的馬車華麗又舒適。她私底下跟齊昭感嘆道：「若是咱們也有錢買一輛馬車便好了，我娘坐著也舒服。」

齊昭為她在鍋底下添火。「妳放心，總會有的。」

將來她會坐上鑲嵌寶石、加置華蓋的馬車，會是這世上最漂亮的馬車。

福妞這一路走來，明顯瘦了，尖下巴都出來了，齊昭總是想摸摸她的臉，但想到和她爹的約定，便都忍了下來。

牛車實在簡陋，可王有正身上的銀子和那一枚牛黃得要給衛氏治病用，哪捨得用來買馬車？

行至半路，衛氏實在是撐不住，便停下來找了間客棧休息。

這間客棧開在縣城裡，縣城處處比鎮上繁華，但福妞無心去瞧，馬上借了客棧的小廚房給她娘熬藥。

小廚房裡蹲著個小姑娘，看起來才十二、三歲，不說話，一雙黑白分明的大眼睛裡都是怯意。

福妞對她笑，從懷裡摸出一塊糖給她。「給妳吃。」

小姑娘不敢接，福妞硬把糖塞給她。「妳吃吧。」

這下子，小姑娘才把糖接了，聲音軟軟的。「姊姊，這是松子糖。」

福妞點頭，一邊忙著煮藥，一邊說：「妳也吃過呀！」

「吃過，小紅給我的。」小姑娘點頭。

福妞問：「小紅是誰？」

「是我的丫鬟。」小姑娘說完，低下了頭。

福妞覺得詫異，她瞧這小姑娘雖然長得不錯，但渾身髒兮兮的，不像是有丫鬟的樣子，正想再問，客棧老闆娘找了過來，怒氣沖沖的罵道：「死丫頭！怎麼跑這裡來了？」

小姑娘嚇了一跳，趕緊出去了。「我、我來幫忙。」

「幫什麼忙！不去伺候大虎，幫什麼忙？」老闆娘臉色很不好，但一看見福妞就勉強笑了下。

福妞也點點頭，其實心裡疑竇叢生。

她沒見過多少惡事，對外頭世界的複雜並不理解。

但回屋之後，福妞把這事同齊昭說了。

齊昭抬眸。「聽起來像是童養媳。」

「啊！不會吧？那女孩說她家裡有丫鬟。」

齊昭想了想，說：「那可能是被拐賣的。」

福妞更是震驚，她無法想像失去父母是什麼心情。正說著，外頭忽然傳來小姑娘的哭聲以及老闆娘的打罵聲，福妞秀眉微微蹙起了。

其實齊昭對這些事情沒有太大感覺，他小時候被人欺負的時候，那些旁觀者不僅不會可憐他，還會跟著踩他一腳，什麼樣的惡人他沒見過。

他從不花時間和精力去幫助誰，但見福妞這樣，齊昭想法變了。

「妳想幫她？」

「嗯。」福妞如實答。「可我不知道該如何幫。」

齊昭一笑。「那我來，只是，要記得妳欠我一個人情。」

福妞立即點頭。「好呀！」

幾個人在客棧住了兩日便走了，走了很遠很遠，小姑娘才從牛車後端探出頭來。

「他們……不會追上我了吧？」

齊昭其實也沒做什麼，只是在老闆兩口子的飯裡下了些蒙汗藥罷了。

其實小姑娘逃走過好幾次，被抓回來之後，胳膊和腿都被打得血肉模糊。

可這次，那個漂亮的福妞姊姊說，一定會帶她逃走的。

福妞姊姊的手又軟又滑，看起來就是個大好人，小姑娘沒怎麼想便跟著走了。

「福妞姊姊，我叫凝雪。」小姑娘聲音軟軟的。

福妞摸摸她頭。「我們送妳回家。」

凝雪還依稀記得自己住在永州，雖然不是很順路，但福妞他們還是把她送了回去。

永州地處繁華，十分熱鬧，齊昭打聽到凝雪的家在哪裡時，心裡有些意外。

這戶人家姓周，素來行商，非常富庶。周凝雪是周家的女兒，被拐賣之後，周家人找了好幾年都沒找到，如今竟然被送回來了。

周家老爺見著周凝雪便哭了，凝雪更是雙眼通紅跪在地上。

福妞摟著她娘衛氏，瞧見這一幕，心裡也發酸。

齊昭四下打量周家的每一個人，周家人顧著跟凝雪相認，還未來得及招呼他們。周凝雪的父母都生得周正，旁邊還有一個中年女子，秀眉鵝蛋臉，素雅至極，齊昭看著她，有些恍惚。

凝雪和爹娘抱著哭，那女子上前說道：「幾位恩公請裡面坐，凝雪多虧得了你們相助，感激不盡。」

齊昭盯著她，一動也不動，那貌美婦人被盯得有些不自在，便笑問：「小公子，我臉上是有東西嗎？」

「您……認識一位叫周秀雲的女子嗎？」齊昭聲音沙啞。

貌美婦人神色一凜。「周秀雲？你如何認識的？她現下在哪裡？」

她緊緊抓著齊昭的袖子，齊昭神色幾欲崩潰。「您認識她？」

凝雪的父母以及身後的老太太也馬上圍了過來，聲音都是無比急切。「雲兒？是雲兒嗎？她在哪裡？」

齊昭閉了閉眼。「她是庚子年生人，家中行商，有一兄長，一姊姊，做的是絲綢生意……」

周老太太渾濁的眼中含淚，她的手都在顫抖。「雲兒，雲兒……」

齊昭跪了下去，喊道：「外祖母！」

上一世，他命人尋了十幾年，也未曾尋到他母親的娘家，沒想到這一世竟然這樣遇上了！

周家人聽到齊昭的稱呼，皆是一愣。

第三十七章　日日思君不見君

齊昭跪在地上抱著周老太太的腿哭，周家人皆是震撼不已。

十幾年前，周家的小女兒周秀雲去佛寺上香，被人拐走了，周家人急瘋了，到處都找不到，末了收到一封信，是周秀雲親筆。

信上說帶走她的是個大人物，想要娶她做妾，他們兩情相悅，但想到爹娘定然不准她做人妾，只好出此下策，餘生無法孝順爹娘了，還請爹娘原諒。

周家人大怒，卻又很擔心她，找了好多年，花了不知道多少銀子，卻沒有任何消息。

如今見到忽然冒出來的齊昭，周秀雲的親娘、親哥哥和親姊姊越看越了然，這小子跟秀雲生得的確很像。

周老太太哭了起來。「你娘……可還好？還有、還有，你爹是誰？是哪個畜生？」

她想起女兒被騙走這麼多年，就氣得渾身顫抖。

齊昭雙目通紅，跪在地上磕頭不肯起來。

「外祖母，當初我娘性子單純，被人誆騙了回去囚禁起來，對方權勢滔天，因為怕連累你們，便斬斷了與娘家的關係，否則只怕外祖母一家也要遭難……」

憑王府那幾個心狠手辣之人的手段，若是知道母親的娘家，只怕要把周家連同祖墳都給鏟平了。

齊昭想起過去那些事情，聲音微微發顫。「娘已去了，就連小五也是死裡逃生，得了王叔一家的恩情才苟活至今。沒想到今日如此巧，還能再見到娘的家人，大姨母與我娘長相實在相似。」

他說著，抬頭看向周秀春，雙眼通紅，淚滾滾而落。

福妞在旁看得心疼極了，趕緊拿出帕子給他擦淚。「小五！」

有太多安慰的話，竟然都說不出口，她沒發現小五的身世這般坎坷，想到從前沒有對他更好，有時候還會跟他耍小性子，福妞當真是太後悔了。

齊昭低下頭，努力克制住眼淚。

周老太太張張嘴，什麼也說不出，竟然眼睛一翻昏死過去。這下子周家人更忙了，趕緊找大夫來看老太太。

周秀春的丈夫葉增林負責接待福妞一家，為他們安排了住所，十分周到，又請了大夫幫衛氏治病。

齊昭忙著照看外祖母，福妞則是照顧衛氏。

周老太太只是一時情緒激動，醒過來後抱著齊昭哭了一會兒，又問了些過去的事。一家子相認之後還是開心多些，齊昭的舅舅周達觀又和齊昭聊了許久，知道外甥的生父竟是順安王，當場呆若木雞。

他早就聽聞順安王殺人無數、心狠手辣，只怕將來天下都是他的。當初就算他們知道帶走周秀雲的是順安王，只怕也不敢搶回來。

周達觀鄭重其事地看著齊昭道：「小五，你娘雖然不在了，你爹那個畜……不管你，但從今往後，你便是我們周家的人了。舅舅絕對不會不管你，雖然舅舅沒讀多少書，只會做生意，但舅舅定能保你衣食無憂。」

齊昭笑道：「舅舅，知道外祖母和您都還活著，便是小五最大的慶幸了。」

尤其是大姨母，長得與娘親極為相似，一瞧見她，齊昭心就軟得一塌糊塗。

福妞是從她爹口中知道齊小五身分的，心中的震驚久久不能平復。順安王的第五子，就算這幾年沒在王府長大，也永遠改變不了這個血緣關係。

她良久說不出話來，直到周凝雪來找她。

周凝雪回家後與她娘敘了許久，她娘巴不得把世上最好的東西都給她，立即親自為她洗澡更衣，打扮一番，周凝雪換上一件寶石紋樣蓮花小裙子，走動時如雲般搖曳，頭上挽了個少女髮髻，看起來溫柔可愛。

她拉著福妞的手笑道：「福妞姊姊，妳一家是我們周家的大恩人。不僅救了我，還幫我們和表哥相認。」

福妞笑笑道：「這些都是巧合，妳不必放在心上，看著你們一家團聚，我們也很開心。」

況且周家找來的大夫的確厲害，給她娘扎了幾針，竟然就好多了，血止住了，身子也舒坦了些，此時吃完藥已經睡下了。

周凝雪對福妞格外親切，還邀請她一起吃點心，精緻的八仙桌上擺著各式各樣的點心，個個精緻小巧，是福妞家鄉見不到的。

「表哥與妳關係很好嗎？」周凝雪問。

福妞想了想，答道：「他比我小，在我家住了幾年，算是我弟弟。」

周凝雪了然地點頭，笑道：「我娘說了，往後你們就住在我家，等妳娘養好了身子再說。」

其實王有正夫婦並不願意在此叨擾，心想出去租個房子，在永州治病也成。可周家人熱情得很，還不許他們出去，硬是把他們留在周府。

周府院子十分雅致，住起來的確舒服，下人們成群結隊地伺候，周凝雪不過才回來幾日，休養打扮了一番，已經是個富家小姐的模樣了。

王有正和衛氏瞧著周凝雪，都有些感嘆。

其實周凝雪只是小有姿色，與福妞比起來差了不少，但她家境好，能過著神仙般的日子，哪像福妞小小年紀便要跟著他們四處奔波。

可福妞不這樣覺得，她靠著衛氏笑道：「娘，金窩銀窩不如自家的狗窩，女兒最大的心願就是您身子快些好起來。」

王有正也點頭道：「福妞說得是，我這幾日出去瞧了瞧，永州的確是熱鬧極了，等妳身子好了，咱們便在永州找個地方住下來，在永州做生意，比在咱們鎮上強多了。」

自從他們從鄉下搬到鎮上做生意之後，腦子便靈活了許多，膽子也大了，加上王有正和周達觀喝了兩回酒，聽周達觀說起做生意的事情，心中便生出無限嚮往，也想大膽一試。

衛氏臉色好了許多，笑道：「那自然沒問題，等我身子好了，咱們便在永州定下來。」

他們兩人說著，福妞卻暗暗地想，不知道小五會去哪裡呢？

他會留在周家還是去京城？或是繼續考科舉？可無論如何，他都不會跟自己家人一起了吧？

周家、京城、科舉，選哪一個都比他們王家好上不知多少倍。

福妞低頭看了看自己身上的衣裳，與周凝雪穿的差得遠了。

她不在意，不代表沒有差距。

正在想事情，忽然有個周家丫鬟來喊福妞。「我們家老太太說很喜歡王小姐，想請王小姐過去說說話呢。」

周家人熱情，老太太也慈愛得很，還親自來看了衛氏兩次，福妞便起身跟著丫鬟前去。

她跟著丫鬟繞過長廊與小花園，進了周老太太住的院子，老遠便聽到老太太和周凝雪的笑聲，再近些就瞧見齊小五也在。

他看了她一眼，眸色溫柔了許多。

周老太太招手。「福福，妳過來，讓我瞧瞧。」

福妞走過去，周老太太笑咪咪的說：「這孩子長得就是水靈，比你娘當初還要好看幾分呢。」

周老太太是對著齊昭說的，齊昭微微一笑，沒有答話。

周老太太又道：「只是女孩生得太好看也不是好事情，只希望妳的命莫要同我那苦命的女兒一般……」

說著她又擦淚，福妞趕緊說：「周家奶奶，小五也是生得極好，有一回去外頭，還有人以為他是女扮男裝呢。」

那時候小五很瘦，又躲在屋子裡養病，皮膚白得近乎透明，就被人認作了女孩，福妞笑了許久。

這樣一哄，周老太太果然高興了，又問了許多齊昭在王家的事情，福妞便細細說了許多。齊昭在旁邊坐著靜靜地瞧著她們兩人，嘴角也慢慢染上笑意。

周凝雪插不上話。她被拐走好幾年了，祖母記憶力不大好，對她也不是十分親暱。周凝雪不甚在意，倒是覺得這個表哥很好，忍不住看了又看。

一直到二更，周老太太熬不住了，這才放他們回去。

齊昭如今自己住一個院子，他打算親自送福妞回去，周凝雪打趣道：「表哥不送我回去嗎？」

福妞看看他們，心想他們是親戚，自己不該打擾，便轉身要走，卻被齊昭喊住。

「我們一起送她。」

福妞其實也睏了，不大情願，周凝雪身邊一群丫鬟，哪需要她送？但齊昭都開口了，她也比周凝雪年長，只得點頭答應了。

兩人帶著一群丫鬟把周凝雪送回住處，齊昭便吩咐丫鬟都退下去。「我送王小姐回去，妳們莫要跟了。」

那些丫鬟都是周家安排的，與齊昭不熟，自然很快退下了。

今兒月色極好，但道旁種了竹子，掩映之下反而看不清月亮了。

福妞想起在老家的時候，有時晚上睡不著，便和齊昭一起偷偷爬到屋頂上看月亮。那時的天空廣闊無垠，月色極美，靜謐又皎潔，讓人難忘。

但再難忘的事情，也總有失去的那一天。

福妞輕輕嘆氣，卻被齊昭敏銳地捕捉到了，他停下腳步問：「為什麼嘆氣？」

見他這樣問，福妞也沒瞞著，她指指天上的月亮說：「永州是好，只是卻看不清天上的月亮了。」

這讓齊昭想起從前陪福妞看的月亮，便道：「妳若是想看，我帶妳去看。」

「真的？」福妞眸中一下子亮了起來。

「走。」齊昭抓住她手腕。雖然隔著袖子，可福妞心中還是怦怦怦地跳。

她沒有反抗，就跟著齊昭往前走。齊昭雖然才來幾天，但已把外祖母家的地理位置都摸清楚了，沒一會兒就找到一處亭子，上到亭子的二樓，便可以盡觀天上的月色。

福妞扶著他的手，上了亭子的二樓，這亭子原本就是建來賞月的，位置極佳，福妞這才發現永州的月亮比他們老家的還要好看。

永州因為商人多，富庶之戶也多，站在高處可見遠處亭臺樓閣和燈火通明的街道，處處都是繁華的味道。而天上一輪月，在熱鬧中更顯寧靜的美。

她眼睛一眨不眨地看著天空，沒注意齊昭解下了他的披風，披在她的肩上。

其實福妞一直很好奇，明明齊小五和她的衣裳一樣是用皂角洗的，但他的衣裳就是有一種好聞的味道，聞起來讓人無比安心，後來想想，或許是他自個兒身上的味道。

而齊昭同樣有這種感覺，他一直覺得福妞身上帶著一股甜香，如今二月，天氣還冷，眼前的女孩宛如泛著冷冷香氣的梅花，他生怕她被凍著了，所以解開披風裹住了她。

福妞立即急了。「你身子才好不久，不能……」

齊昭摁住她亂動的手，目光灼灼。「妳今年生日正在路上，大家忙著也沒幫妳過，只匆忙在客棧吃了碗麵，實在倉促。」

福妞倒是不在意。「大家都在我身邊，便是最好的生日了。」

想到往後齊小五就不在了，她心裡惋惜得很。

微風吹過來，福妞的劉海亂了。齊昭伸手為她撫平，不知從哪裡拿出了一只孔明燈。

「妳來許個願吧，這是孔明燈，永州這兒流行的，說是把願望寫在上面，放出去便能實現。」

他遞給她一支炭棍，福妞如今會寫許多字了，想了想，便在孔明燈上寫了幾個字。

等她寫好了，齊昭拿過來一瞧，手上微微收緊。

那孔明燈上清清楚楚寫著「齊小五，一生順遂，平安喜樂」。

福妞笑咪咪的問：「這真能實現嗎？」

齊昭點點頭，在上面又加了兩個字，就成了「福妞、齊小五，一生順遂，平安喜樂」。

兩人把燈芯點燃，很快，火紅色的燈在風中颯颯飛了起來，越飛越遠，宛如消失的星星。

福妞第一次見到孔明燈，覺得漂亮極了。

齊昭聲音低沈。「京城人尤其喜歡放孔明燈，元宵節的時候天空飛滿孔明燈，壯觀極了。福妞，有一日我也帶妳去看。」

福妞聽到這話，反倒情緒低落了下來。她知道自己這輩子只怕不會去京城了，他這一去，便是分離。

如今她十五歲，該是說親的年紀了，說不準哪一日再見到齊小五，她孩子都有了。

事實就是如此殘忍，他若是回到京城，認了父親，便是尊貴的皇親，她哪裡攀附得上？

但福妞還是努力笑了笑。「嗯。」

齊昭沒在周家多做停留，立刻動身前往京城，舅舅周達觀陪他一起去。臨走之前，齊昭拜託外祖母照看福妞一家。

其實衛氏的病情緩解了不少，一家人打算出去租個房子做生意，可齊昭不放心他們離開，他本來打算帶他們一道去京城，如今有周家庇佑著，齊昭倒是放心了。

周老太太說道：「你們收養了小五好幾年，他身子不好也多虧你們照看，如今留你們住上一年半載哪有什麼麻煩的？怕不是福妞爹娘，你們嫌棄我周家窮酸？」

王有正是個粗人，立即脹紅了臉。「周老太太，您說的是哪裡的話，我們怎會嫌棄，只是怕叨擾了您。」

周老太太笑道：「你們只管住下，我很喜歡福妞，也想家裡多幾個人熱鬧些呢。」

周家兒媳劉氏與周老太太感情不睦，周老太太比較喜歡衛氏這樣柔順的性子，見衛氏身子好些了，便時常找衛氏說話，福妞則在一旁為她們端茶遞水、捶腿捏肩。

周凝雪回來之後與自己母親劉氏較為親近，倒與祖母生疏了。起初她還十分感念福妞救了自己，可後來又覺得救她的人是表哥，福妞根本沒做什麼。

因為福妞乖巧討喜，周老太太便三不五時送福妞一些簪子、玉鐲，福妞不肯要，她便流淚說福妞嫌棄她這老婆子的東西不好。

福妞和她娘遇到這種情況，都不知如何是好，周老太太便乘機把首飾給福妞戴上。

其實這些首飾原本是要送給齊昭娘親的，如今人不在了，她睹物思人，想著福妞與她的雲兒都是難得的美人兒，便把這些首飾都送給了福妞。

一次、兩次也就罷了，次數多了，劉氏便在周凝雪面前大發雷霆。

「妳那祖母老眼昏花，妳好不容易才回到家，不把妳當心肝似的疼著，倒是疼一個外人。」

周凝雪也覺得委屈。「祖母每次都誇福妞漂亮，倒是見了女兒總是淡淡的，娘，祖母是不是不喜歡我？」

她撲到劉氏懷裡哭了起來，劉氏咬牙，心疼得不行。

這事傳到周老太太耳裡，她也是氣到不行，把劉氏叫過去狠狠罵了一頓。

「昭讓他們養了幾年，這一家子一瞧便是端正良善之人，福妞不僅貌美，讀書寫字樣樣不差，心地善良又聰慧過人，若是周家能娶得這樣的孫媳婦回來，我死也能閉眼了。」

劉氏一頓，這才明白。「娘是在給清兒看媳婦？」

周老太太恨鐵不成鋼地說道：「昭兒回京了，他那畜生爹雖不是人，但好歹也是順安王，能一手遮天。昭兒和福妞是定然成不了的，這麼好的女孩遇上了怎能拱手讓人？若是能給清兒當媳婦，豈不是件美事？」

劉氏這才反應過來，歡喜地說：「娘，還是您睿智。」

想到這裡，劉氏也是越發喜歡福妞，回去勸了周凝雪一番。周凝雪也稍微放下了成見，說道：「娘，那表哥回京城之後，不就是王爺的兒子了？」

劉氏點頭道：「沒錯，妳表哥若是順利認了親，那便是王爺之子，到時候……」

想到周家和齊昭的關係，若是齊昭要娶妻，首先考慮的不就是周凝雪？

真沒想到，周家向來行商，無人讀書，如今卻可以不費吹灰之力結交上位高權重的皇室，劉氏越想越歡喜，連帶對福妞也更好了，時常去找衛氏說話，搞得像是親姊妹似的。

衛氏起初對周家人十分疏離，但見劉氏這般熱情，便也開始送些自己繡的帕子給劉氏。

王有正打算近期開始在永州做生意，可劉氏聽聞之後便找上了他。

「你們初來永州，不知道這裡的規矩，永州都是些老字號、老招牌，外來人要做起來可不容易。如今咱們親如一家，王大哥若是願意，不如幫我們周家掌管幾個鋪子，利潤多，也省得你自己花銀子四處張羅。」

動。

周家的鋪子都是老字號，就是坐著不動都有大把生意上門的，王有正聽了很是心

他先前做的都是一些小買賣，周家的卻是大生意，誰遇上了不心動呢？

王有正回去和衛氏商量了一番，衛氏也覺得不錯。

可福妞心裡覺得不妥，半晌，才勸道：「爹、娘，親兄弟明算帳，咱們還是莫要與周家牽扯太深，若是哪日出了什麼狀況，到時候不好處理。」

他們再怎麼說也與周家沒什麼關係，就連齊昭都只是周家的外孫罷了。

王有正被福妞一提醒，瞬間想起自己的大哥，立刻冷靜了下來。

「閨女說得是。」

衛氏忽然想到了什麼，恍然大悟道：「說得也是，周家和咱們本無關係，尤其是凝雪的娘，起初對咱們冷冷淡淡的，怎麼忽然就熱絡了起來？」

都是為人父母的，兩人瞬間明白了。

自從來了周家，還沒見著周家有什麼年輕男人，只知道周凝雪有個哥哥，這幾日去外地做生意了。

第二日，衛氏和福妞都見著了這位周少爺。

原本大家都在陪周老太太說話，外頭忽然來了位少年，他風塵僕僕，穿著一身青色外裳，目若朗星、氣宇軒昂，幾步走到周老太太跟前行禮。

「祖母，孫兒想死您了！」

周老太太極其喜歡這個孫子，立即摸著他的臉說：「瘦了！瘦了！都怪你爹，非要讓你親自往林州跑。我的好孫兒，快歇歇。」

周彥清笑著看向她。「祖母，孫兒還未見客，等見了這幾位貴客再去歇息也不遲。」

他為人極有禮數，一一拜見王有正與衛氏，對待福妞也謹守規矩，目光和煦溫潤，看起來十分平易近人。

衛氏暗暗讚嘆周家這個孫子生得真好，周身氣質瞧著就讓人非常喜歡。

接下來數日王有正帶著福妞一起出去看鋪子，研究開店的事情，無奈他們對永州不熟悉，倒是花了不少冤枉工夫。

周彥清知道了之後，便寫了長長一串關於永州生意狀況的介紹，送到王有正跟前。

「王叔，彥清不才，但也略懂生意上的門道，您若是不嫌棄，彥清幫您計劃一番。」

那紙上密密麻麻的內容，正是王有正需要的，福妞看完也覺得周彥清體貼入微。

周彥清看她一眼，笑道：「王姑娘，昨兒聽丫鬟說妳沒怎麼用飯，可是身子不舒服？我已經找了大夫幫妳診治，不知可有打擾？」

福妞一愣，她昨日的確胃口不好，但誰也沒說，只是喝了幾口湯便不吃了，怎麼就被周彥清知道了？

但福妞的確需要看大夫，她這幾日都覺得胃裡不太舒服。

沒一會兒，大夫來了，為福妞診治一番，說是積食了，開了些藥，卻又道：「其實不吃藥也無妨，多吃些山楂、喝些山藥水也會好。」

周彥清立即讓人送了山楂和山藥水過來，周到之處實在讓人感動。

福妞心生感激，卻沒什麼可以回報的。

不知怎的，自從齊昭走後，她在周家待得越來越不自在。

齊昭已經走了十幾日了，還沒有一封信送回來，福妞心裡七上八下的，卻知道自己沒有立場去想這些。

但她還是忍不住想，不知道齊昭如今怎麼樣了？吃得好不好，睡得好不好？

他身子雖然康復了，可福妞還是擔心。

齊昭走後第二十日，終於有了來信，卻是送到老太太手上的。

福妞眼巴巴地看著送信的人去了周老太太屋裡，沒過多久，周老太太便讓人請他們過去，說齊昭在京城一切安好，信中還問候了王有正夫婦兩人，王有正立即說道：「我們都好，小五無事我們也就放心了。」

信中似乎沒有提及福妞，福妞有些失落，回了院子低聲嘆氣道：「臭小五！這便把我給忘了。」

她悶悶不樂地坐在凳子上，外頭來了個小廝，小廝笑道：「王姑娘，這是表少爺從京城寄回來的點心，特意讓小的送給您嚐嚐。」

福妞一喜，但面上保持鎮定，接了過來。「多謝你了。」

等小廝一走，福妞便掀開蓋子，瞧見了裡頭精美的紙包，她打開紙包，便聞到清香的糕點味道，取走紙包後，卻見裡頭還有東西，拿起來一看，是一封信。

福妞心跳得厲害，瞧了瞧門外沒人，便趕緊躲起來看那封信。

信上是齊小五熟悉的字跡。

內容也簡單，說他在京城一切都好，要她保重自己，如今初春，切勿貪涼，夜裡睡覺蓋好被子之類的。

但書信的末尾附上了一首詩。

「日日思君不見君，共飲長江水。福福，妳覺得這首詩如何？」

福妞臉上微微發燙，好似粉嫩的桃花花瓣，亦像朝霞一般，美得令人心醉。

她把信仔細藏起來，想著該給齊昭回信，便鋪好紙、磨好墨，提筆寫了起來。

福妞寫得很細節，細到連要齊昭吃飯時記得喝湯都寫上了。

末了，她又覺得內容太過累贅，乾脆重寫，如此這般一直到深夜，才總算把信寫好了。

齊昭在十日後收到來信，是福妞花了銀子託商隊送過去的。

信上字不多，但字字都是精髓，齊昭看了一遍又一遍，最後盯著末尾的幾個字。

「千里素光同。」

他仰頭看著窗外的月色，極美，皎潔如霜。

的確是，千里素光同，即便隔著這麼遠的距離，他也知道，他的福妞在惦記著他。

來到京城之後，齊昭和他舅舅四處打聽，得知順安王失去嫡子後性情大變，而皇上身子如風中落葉，不知還能撐上幾時。

朝廷上下出現兩個觀點，有人認為太子荒淫無度，無能又懦弱，實在不適合繼承皇位，應當由順安王繼承；也有人認為太子就是太子，有太子的存在，順安王就沒有資格繼承大統。

就在大家為了這件事爭吵不已時，忽然爆出一件駭人聽聞之事。

太子竟然不是皇帝所出！

這事實在令人匪夷所思，但的確是事實，皇后都承認了，皇上氣得當場吐血身亡，

太子也自殺而死，順安王主持祭奠儀式，一時間哀鴻遍野。

第三十八章 齊昭救父

宮中的醜事豈會向外宣揚，外頭百姓就算知道也不敢明面上議論。

皇上駕崩、太子也自刎之後，原本人人都以為順安王會順勢繼承大統，誰知道京城突生變故，鎮守邊疆十幾年的定西侯帶兵殺回來，意圖謀反。

定西侯一向與順安王不和，順安王若是上位，第一個便會殺了他。他手中兵權在握，而順安王措手不及，來不及調兵遣將，便被困在了宮中。

眼看定西侯的大刀就要砍向順安王，順安王眼睛一閉，哀嘆自己時不我予。

原先該他繼位，可他不在宮中，便讓給了自己的親弟弟；如今好不容易親弟弟死了，卻又被定西侯暗算。

也許就是命！老天先奪走了小五，再奪走他最看重的嫡長子，如今要來奪他的命了。

可大刀還未砍下來，外頭忽然傳來一陣馬蹄聲，齊昭帶大隊人馬、指著長劍殺了進去。

他捏準定西侯的性子，派人過去傳了信，故意刺激定西侯，讓定西侯發動篡位；接著又潛入王府，找到他爹的軍符，以順安王五子的名義調動了將士。
這些年，順安王一直聲稱五子在外養病，齊昭和順安王長相也十分相似，這會兒手握兵符，許多人就信了。
這讓齊南以及老三齊坤、老四齊勇都陣腳大亂。
齊南被他爹打了一頓還沒復原，但他心想等自己好了，他爹無人可用，還是得器重他；至於齊坤、齊勇，也是準備一旦齊南不受待見，就可以隨時補上他的位置。
可如今殺出個齊昭，看起來很有本事，哪裡還有他們表現的餘地？
他們想攔住齊昭，可齊昭直接把他們鎖在王府裡，便帶人殺往宮中。
齊昭知道，順安王不僅手握兵符，還養著暗衛，只是進不了宮罷了，他帶人把路打通，即可確保順安王平安獲救。
火光中，順安王踉蹌著站起來，看著那張酷似自己的年輕臉龐，看著他一劍刺死定西侯，血噴了自己一臉。
「小五？」他不可置信，驚懼，又欣喜。
齊昭跪在他跟前道：「父王，孩兒來遲了。」
就算順安王再不愛他、不疼他，齊昭也必須救順安王。沒有順安王，他無法完成自己要做的事情。

由於這一場大亂，造反者定西侯被滿門抄斬，順安王反而順理成章地登基了。

順安王對齊昭有無數懷疑，但也有虧欠。無論如何，此次能順利登基，是齊昭立了大功，他將齊昭封為「瑞王」，意喻他猶如天降瑞氣。

其他三子妒火中燒卻無可奈何，眼見忽然冒出來的小五成了爹爹的心頭肉，哪裡像是小時候那個病秧子呢？

齊昭越來越忙碌，順安王雖然不信任他，但見他做事比三個哥哥穩妥許多，思來想去，還是忍不住偏向他，把重要的事都指派給他做。

順安王初登基，身子又不好，白日夜裡都在咳，只能拖著病弱的身子看齊昭做事情。

不知為何，順安王覺得這個小兒子比他還要厲害，雖然才十五歲，但才能兼備，只怕把天下交給他，他都可以一力承擔。

齊昭忙到每日只能睡兩、三個時辰，但他再忙也不忘寫信給福妞，此外還叫人買些京城的糕點、首飾帶給福妞。

福妞收到信和那些玩意兒都喜歡得很，也不告訴旁人，而是悄悄藏起來，偶爾拿出來把玩。

這一日，又有人送東西來，福妞打開一瞧，是一支簪子，雕刻成玉蘭花的樣子，看起來十分精緻。她面上笑意盈盈，忍不住將簪子戴在了髮上。

才戴上，外頭就傳來周凝雪的笑聲，她趕緊要把簪子拿下來，周凝雪卻已經進來了。

這時福妞不好再把簪子取下來，只得站起來問：「凝雪，妳怎麼來了？」

平日周凝雪三不五時就會來找她玩，因為府裡只有她們兩個年輕女孩，周凝雪雖然羨慕祖母對福妞好，但想到福妞將來會是自己的嫂子，也就不計較了。

她瞧見福妞髮上的簪子，眼睛一亮。「妳這簪子真漂亮，在哪裡買的？」

福妞微微一頓，說：「在街上隨便買的。」

周凝雪看了好一會兒，才說道：「今兒我哥哥特意送了些剛採的水蜜桃來，祖母要我來喊妳一同去吃呢，走吧。」

兩人手挽著手去了周老太太那兒，周彥清也在，正堂中間的地上放著一只大籮筐，裡面是幾十顆碩大粉嫩的水蜜桃，瞧著就讓人垂涎三尺。

周老太太笑呵呵的說：「妳們兩個快來嚐嚐。」

周凝雪眨眨眼。「我不大愛吃桃，想必是哥哥見有人喜歡吃，特意去買回來的，是不是？」

周彥清咳嗽一聲。「家裡人口多，大家都嚐嚐，畢竟是依時令才有的東西。」

福妞喜歡吃水蜜桃，卻不曉得周彥清是如何知道的。近日她覺得周彥清似乎對她特別好，但轉而一想，周彥清似乎對每個人都很好，府裡哪個人不稱讚他呢？

她肯定是多心了。

周凝雪偏偏還要說話。「哥哥，福妞姊姊的簪子是你送的嗎？我瞧著不像是永州的款式，那玉質通透無瑕，真是漂亮，莫不是哥哥從京城帶回來的，沒送我，卻送了福妞姊姊？」

周彥清有些莫名，抬頭看向福妞的頭髮，這才知道周凝雪在說什麼。

那簪子周彥清的確在京城見過，當時他的好兄弟買了送給心儀的姑娘，據說價值不菲。

周彥清搖頭。「這的確京城才有，但並非是我贈予王姑娘的。」

福妞心下不安，趕緊笑道：「這是假的，並非什麼值錢的東西，是我幾文錢隨意買來玩的。」

周老太太擺了擺手。「妳們年輕女孩都喜歡這樣的小東西，我那裡多的是，梅香，拿一些出來讓她們兩個挑去。」

這事算是過去了，可周凝雪回去還是忍不住跟劉氏提起。

「那簪子看起來漂亮得很，根本不像是什麼便宜的東西。」

劉氏凝眉細想，忽然問道：「這幾次妳表哥來信，都未曾提及王福福，莫不是私下單獨給她寄了信，還寄了東西？」

兩人這麼一猜測，便立即安排人盯上了，沒幾日就見有個小廝去福妞房裡送東西。第二日又發現福妞獨自出去找商隊帶信去京城。

周凝雪委屈得都要哭了。「爹爹寄密信回來說順安王已經登基，表哥只怕將來會是太子，就算不是太子也是王爺，難不成王福福想和表哥在一起？」

她自從回到周家，和劉氏的關係親近了，想得也多了，處處會為自己的未來考量。若福妞不是她的阻礙，她還可以和福妞和平相處，可一想到表哥喜歡福妞，她心裡就不痛快。

福妞嫁到他們周家已經是過於高攀了，難不成還想爬到更高處？

劉氏咬牙道：「她休想！就是做清兒的媳婦，也是妳祖母的意思，我這裡還不一定要接受她。如今她想與妳表哥牽扯不清，簡直是作夢！」

她越想越覺得王家當初收養齊昭就是為了這一日，忽然間更不喜歡王家人了。

周凝雪拉著她胳膊道：「娘，絕對不能讓王福福嫁給表哥。我想去京城。」

「成，妳放心，往後娘派人盯著，不能讓他們再聯絡。倒是妳，學著點，三不五時給妳表哥寄些東西過去，表示關懷。」

「嗯，謝謝娘。」周凝雪立即點頭。

一轉眼，半個月過去了，福妞沒有再收到齊昭的信，她還去找了慣常送信的小廝，那人只說他也沒有收到。

福妞心想，興許是齊昭忙，忘了。

她倒是沒有停止寫信，但寫了兩封，又覺得他不寄信來，自己眼巴巴地寫過去幹什麼呢？

也不知道齊昭如今情況如何，身子好不好，福妞左思右想，擔心到不行，好幾夜都睡不安穩。

周家兄妹倒是晚上沒事便來找她說話，福妞勉強打起精神陪他們一會兒，但白天還要出去幫忙包子店的生意，身子便越來越差。

四月分一場雨，福妞病倒了。她躺在床上，聽著外頭雨打芭蕉的聲音，想起齊昭教她寫字的情景。

他站在她身後，握著她的手一筆一劃地寫，認真而安靜，卻讓她記了許久。

福妞咳嗽幾聲，心裡沈沈的。

她爹娘出去賣包子了，她閉上眼想睡一會兒，周凝雪又來了。

周凝雪一進來便擺手讓丫鬟出去，她一副心疼的樣子坐到床邊。「福妞姊姊，妳好些沒？我聽丫鬟說妳今日沒吃藥，我哥哥出去找新大夫了，等會兒再給妳看看。」

福妞其實沒什麼精神，但周凝雪來關心她，她也不好趕人，便道：「沒事，我就是傷風罷了，過幾日便好了，無須這般操勞。」

周凝雪嘆息一聲。「福妞姊姊，妳身子也太嬌弱了，往後可得好好補補。對了，我爹爹寄信回來了。告訴妳一件大喜事，我表哥與我姑父認了親，姑父非常喜歡他，比其他幾個兒子還要喜歡呢。」

福妞幾乎瞬間就有精神了。「當真？」

她漂亮的星眸中滿是波光，看得周凝雪心中一沈。

福妞果然是喜歡表哥的。

「是呀，我還能誆騙妳不成？告訴妳吧，表哥前途無量，往後咱們都不知道還有沒有機會見著他呢！爹爹說表哥如今十五歲了，既然認了父親，不知道會有多少京城貴女貼上去，嘻嘻，不知道表哥的王妃會是哪家大小姐？」周凝雪一臉天真地說著。

福妞努力讓自己平靜下來，但眸中的光依然漸漸消散了，只剩下失落和悲涼。

怪不得，那麼久不再寄信回來了。

福妞渾身力氣一下子沒了，腦中暈暈的不知該做何反應。她安靜地躺在床上，聲音很細。「凝雪，我想睡一會兒，我實在體力不支。」

周凝雪看著福妞的臉色瞬間煞白，心中也害怕起來，她有些後悔剛剛說了那些話。

周凝雪一走，福妞就轉身側向床裡頭。她閉上眼睛，想起和齊昭一起放的孔明燈。

她在孔明燈上寫，「齊小五，一生順遂，平安喜樂」。

如今願望好像真的實現了，可是她，似乎並不太快樂。

濃密的睫毛微微濕潤，福妞無聲地哭了。

她甚至不知道為什麼哭，也許是傷感再也見不到齊小五了，也許，是病得難受，所以才哭了。

當晚，王有正和衛氏從外面做生意回來，去看福妞，一摸她額頭就嚇了一跳。

福妞發燒了，額頭簡直可以煮蛋了。

兩人顧不得夜深，趕緊要去請大夫，這麼一來便驚動了周家的人。

大半夜的，周老太太吵不得，劉氏自然不會真的關照福妞，只有周彥清起來了，他鞋子都來不及穿好，面色擔憂地問：「怎會如此？」

可這會兒去哪裡找大夫呢？都睡下了，誰會輕易開門？

衛氏嚇得都要哭了。「我去一家一家敲門！」

她身子才好沒多久，周彥清立即說道：「嬸嬸，您身子不好，在家休息便是，我熟悉永州，我去找。」

他騎上一匹快馬，一家一家地找，不巧的是今日好幾個大夫都有事不在家，最後只找到一個，被周彥清重金請了回來，給福妞開了一帖藥。

可大夫說：「這姑娘體質不大好，也得喝些人參湯。」「現在大半夜的，去哪裡買人參？王有正一下子措手不及。

周彥清立即道：「王叔，莫要急，我們家有。」

他直接讓人去庫房，拿了一支最大的煎給福妞服用。

可福妞熱度依然不減，衛氏和王有正都是心急如焚。

王有正坐不住，要再去找其他大夫。周彥清踟躕半晌，脫了外頭的衣物，打了一桶井水朝自己澆下，然後去屋裡將福妞摟進了懷裡。

少女纖瘦的身子滾燙，四月的夜裡還是很冷的，周彥清渾身發抖，但總算讓福妞的熱度一點一點消退了下去。

衛氏原本頭暈站不穩，一聽到周彥清做的事，又氣又急，便打算過去好生譴責一番。但瞧見周彥清瑟瑟發抖地抱著福妞，而福妞臉蛋的確沒燒得那麼紅了，瞬間愣在了那裡。

她如何看不出來，周彥清待福妞的確用了真心。

周彥清見衛氏來了，這才把福妞放開，接著跪在她跟前。

「嬸嬸，今日是彥清冒犯了，但事出緊急，實在沒有別的法子了，所幸福福熱度已然退下，要打要罵，彥清都毫無怨言。」

衛氏哪裡說得出難聽的話，便道：「我替福妞謝謝你。」

一夜忙碌，第二日早上福妞醒來的時候，神志清醒了許多，也冷靜了許多。

劉氏得知昨晚的事情，心中氣惱兒子不知輕重，竟把庫房裡最大的人參拿去給福妞那個丫頭補身子。但一想，兩人都抱在一起了，何不將計就計去提親呢？

她收拾一番，便帶著丫鬟上門了。

衛氏正餵福妞喝藥，劉氏笑盈盈進來。「福妞，妳可好些了？」

福妞要起來，劉氏趕緊摁住她。「不必起身，今日我來，是為了看看妳，此外，還有一件重要的事情要說。」

她坐下來，看看衛氏，再看看福妞。「昨兒夜裡該死的丫鬟沒有知會我，害我都不知道你們的事情，還好清兒辦事穩妥，總算是費勁千辛萬苦把福妞救回來了，雖說他這會兒正在喝藥呢，但也值得了。」

福妞一愣。「周公子喝藥？」

劉氏笑道：「是呀，這傻小子昨晚一桶冷水澆在自己身上，抱著妳為妳降溫，好在是有效果的。不過，你們也不要擔心，清兒是真的喜歡福妞，我今日來，就是想說若福妞爹娘沒有意見，我們不如結個親家，我呀，是真的喜歡福妞這個孩子。」

衛氏沒動，王有正原本坐著，忽然站了起來，福妞則是完全愣住了。她完全沒料到，周家會有這個打算。

其實衛氏覺得周彥清人很不錯，王有正也頗為喜歡這個孩子，但他跟齊昭有過約定，還在等齊昭的回覆。

若是齊昭失了約，他自然會把福妞嫁給別人。

王有正開口說道：「周夫人，我們福妞今年才十五，暫時沒有嫁人的打算，想再緩兩年。周公子的大恩大德，我們永世難忘，來日一定找機會報答。」

劉氏沒想到他們會拒絕，臉色難看了幾分。「其實十五歲也不小了，就像昭兒，這才去了京城不久，便已經在說親了，不過他父親可是如今的新帝，將來昭兒的身分不是咱們可以攀比的。咱們尋常人家呀，就想過安穩日子。說實話，我們周家雖然不是什麼達官貴人，但銀錢充足，福妞嫁到我們家，只會享福，不會吃苦。」

這話讓王有正徹底懵了，小五在京城已經開始說親了？

對小五的那點信任瞬間崩塌，王有正心裡一時五味雜陳。

還好，他們在永州的生意沒與周家有什麼牽連，否則此時真是太難切割了。

福妞低頭咳嗽幾聲，緩慢地說道：「周夫人，得周公子相助是福妞之幸，但福妞配不上周公子，這些日子以來，住在周府多有叨擾，這顆牛黃，是福妞的謝禮。」

福妞說完便將牛黃遞給劉氏。

那牛黃碩大一顆，價值極高，劉氏是知道的，她從未見過這麼上等的牛黃。

王有正也反應過來，立即說：「我們在周家實在叨擾了太久，如今小五既然在京城安定下來，我們的生意也慢慢有了起色，是該搬出去了。周夫人，這段時間真是多謝您了。」

劉氏沒有料到提親竟然被拒絕了，她憤憤離去，牛黃也帶走了。

福妞雖然帶著病，但還是勉強起來去向周彥清致謝。

周彥清見到她，趕緊從床上起身。

福妞微微一笑，猶帶病容的臉上都是真誠。「周公子，謝謝你救我，這輩子不知道還有沒有報答你的機會，若是有，我一定會竭盡所能的。」

見她這樣，周彥清不用問都知道發生了什麼事，他心中後悔沒有及時阻攔，但也來不及了。

他想要的是福福嫁給他，哪裡是她的報答。

「王姑娘，我幫妳都是心甘情願的，從未想過要什麼報答。」

福妞從口袋裡拿出一塊玉珮。「周公子是個好人，我第一眼就覺得你品行端正，不知可否幫福妞一個忙？若來日見到齊小五，麻煩把這玉珮交給他，這是他娘留給他的，放在我這兒總歸不好。」

第三十九章　知州大人

周彥清看著玉珮，一下子就認了出來。

他有兩個姑媽，小姑媽是齊昭的娘親，大姑媽則一直住在永州，大姑媽身上也有一塊相同的玉珮，他見過的。

這玉珮既是齊昭娘親留下的，對齊昭來說必然是極重要的東西，齊昭把它送給福妞，就證明福妞對齊昭來說同樣重要。

這不僅僅是喜歡而已了，只怕這兩人都是非常在意彼此的。

周彥清心中有些悵然。

他初見福妞便被她深深吸引了，花兒一般的女孩衣著樸素，安靜地坐在那裡，卻比滿屋子的人都引人注目，他眼睛看著祖母、娘親和妹妹，餘光卻在福妞身上，還忍不住想這世上怎麼會有這般玲瓏精緻的人兒？

一開始，周彥清還克制著自己，心道外貌好看不算什麼，興許這姑娘的內在不怎麼樣。

可待他更了解福妞，就發覺她一顰一笑都十分惹人喜愛，說話聲音又甜又軟，為人貼心，又通詩書，實在可愛得很。

周彥清越瞧越上心，又不敢逾矩，直到那天福妞生病，他抱著她，才確定了對她的感覺。

他想娶她為妻。

可惜，都是妄想罷了。

「王姑娘，你們兩人之間的事情，我這個外人管不了，將來你們能不能見，也是看上天安排。但我與妳之間的事情，旁人也管不了。世事就如這院子裡的花，今年謝了明年還會再開，我只希望王姑娘莫要因此否定全部的我，或許將來峰迴路轉，我還有機會。」

他言辭誠懇，沒有怨懟責怪，更沒有絲毫憤怒扭曲。

福妞輕嘆一聲，收起玉珮。

「那我只能祝周公子前程似錦，圓滿順當。」

因為福妞一家都不想在周家繼續待下去，於是當日就拜別了周老太太。周老太太聽說他們拒絕劉氏提親，心裡也有些不高興，便應允了。

其實王有正並未找到住處，他們出去得匆忙，眼下只能在包子店湊合一晚。

第二日，王有正本打算歇業一天，出去找個房子租，誰知一大早，鋪子的東家便來了。

「不是我不肯把鋪子租給你們，而是我家老母八十多了，突然生了重病需要花錢救治，只能把鋪子賣了換錢，唉……」

東家一把鼻涕一把眼淚。

王有正是個老實人，自然馬上就答應把鋪子還回去。

這下子包子店也開不了了，一家三口又要解決住的問題。忙了一下午，也不知道怎的，他們所到之處，人人都說沒有房子可以租給他們。

王有正焦急不已，眼看妻女跟著自己受罪，何況福妞還未痊癒，只得先在客棧住下。

客棧老闆認識王有正，勸道：「要不你們去隔壁潭州試試，近來南下到永州做生意的人越來越多了，鋪子是不好租賃。」

其實王有正和福妞也不想繼續待在永州，永州是周家的天下，他們在這兒待著遲早會遇上周家的人。

一家三口商量了一下，福妞休息了兩、三日，覺得身子好些了，便立即啟程去了潭州。

潭州不算遠，小半日就到了。王有正沒費什麼力氣便找到可以租賃的鋪面；後頭巷子裡又找到一處空置的小院子，麻雀雖小但五臟俱全，租金也不算貴，一家子便在這裡住了下來。

王有正是個俐落的人，立即把做包子的工具擺到了鋪子裡，再整理收拾一番，第二日便開張了。

福妞在家休養了幾日，覺得身子好得差不多了，也開始去店裡幫忙。

因為他們的包子味道好，很快就吸引了不少客人，小日子過得越來越有滋味。

除了他們偶爾心照不宣地想起齊昭。

但那似乎是離他們很遙遠的事情了。

這一日王有正喝了兩杯酒，便與福妞開口了。「閨女，妳也十五了，過完年便十六了，人來到這世上哪有不成親生子的？爹琢磨著，咱們一家三口如今算是定下來了，不如就在潭州為妳找個婆家，往後爹娘也與妳住得近，這樣不管是入贅還是出嫁，咱們都能互相照應。」

福妞垂下眸子，喝了一口白米粥，好一會兒才聲音細細地道：「我都聽爹的。」

過去的事情就過去了，齊昭再也不會回來了，他有他的日子要過，她也不能老守著那些回憶，必須踏踏實實地過好自己的生活。

見福妞答應了，王有正心裡也有底了。

他和衛氏知道這事不能急，畢竟他們初來潭州，與這兒的人還不熟悉，得要再等等。

福妞發覺潭州雖不及永州繁華，但這裡的人都非常和氣，且潭州人似乎非常喜歡合歡樹，街道兩邊都種滿了合歡樹。

此時正是合歡的花季，開得繁盛時，好似粉色的雲霧一般，遠遠望去如夢似幻，漂亮至極。

這樣的美景讓福妞每天心情都很好，她如今還是喜歡寫字、讀書，晚上一個人無事可做，便點了油燈在紙上塗塗寫寫。

福妞想到從前齊昭幫爹娘畫的畫像，就覺得他真是厲害。

可他還沒教她畫畫呢，兩人就再也見不到了，心裡未免有些遺憾。

她回想齊昭的樣子，試圖在紙上畫下來，可畫了半天，又覺得實在太不像了，便嘆口氣收了起來。

在潭州住了約莫半個月，包子店人氣越來越旺，整日忙下來也累得很，王有正不是個拿命換錢的人，便決定每日從早上賣到下午便休息了。

剩下的時間就留著陪伴妻女，三人沿著潭州的街道四處走走，倒也愜意。

這一日福妞不想去湊熱鬧，便道：「爹娘去散步，我便不跟著了，我要留在家裡讀書。」

她想在家讀書，王有正和衛氏也拗不過她。

福妞看了會兒書，又想吃街上賣的小餛飩，便起身拿了荷包出門，才走出巷子就瞧見前面站著個人，這人身材清瘦，穿著青色衣裳，個頭很高。

一瞬間她呼吸都要停住了，以為是齊昭，但很快就想到，這怎麼可能會是齊昭呢？都是她幻想罷了！

那人一轉頭，雖然不是齊昭，卻也是福妞認識的人。

周彥清瘦了許多，他一見到福妞立即面露喜色。「我打聽了一路，沒想到真讓我找著妳了！」

福妞不知他來意，但還是笑道：「你怎麼在這裡？」

周彥清是特意找來的，他沒想到他娘做事情如此絕情，那日因為福妞一家拒絕了他娘的提親，他娘便讓人放話出去，不許任何人與王有正有所牽連，否則周家絕不輕饒。

論做生意，周家在永州可是老大，誰敢惹？這便是王有正辛苦奔波卻租不到房子的原因。

若非他娘，福妞一家不會來潭州，可周彥清說不出口。

「我……路過此處，就想順便來看看你們。」

福妞覺得這也太巧了些，但她忽然想知道齊昭這些日子有沒有往周家寄過信，又不知該如何開口，半晌才問：「你們都好嗎？齊小五在京城也好嗎？」

合歡樹下的女孩穿著一身嫩黃色的衣裳，上面繡著荷花，亭亭玉立，比那樹枝上的花還要漂亮。

她眸子裡似乎盛著一汪春水，微微蕩漾，叫周彥清看得都失神了。好一會兒，他才答道：「我們都好，齊昭也曾來信，說他在京城十分繁忙，要我們照顧好自己。」

福妞低頭看著自己的鞋尖，沒有說話，忽然覺得沒趣。

周彥清是齊昭的親人，而她呢，什麼都不是。

有那麼一瞬間，她有些生氣。

「嗯，往後你莫要再來見我了，省得讓人閒言碎語。」

福妞聲音淡淡的。

這讓周彥清一下子想到那晚抱著她的情景，瞬間有些無措，好一會兒，只得答道：

「那我遠遠地看妳一眼成嗎？」

福妞抬頭，微微皺眉看著他。

「周公子，我有什麼好呢？」

周彥清愣了愣，笑道：「那我有什麼不好？」

福妞當然說不出他有什麼不好，兩人大眼瞪小眼，好一會兒，只得作罷。

周彥清沒多留便走了，福妞獨自去吃了一碗餛飩。才剛吃完，便聽到旁邊有人吵吵嚷嚷的。

她尋著聲音望過去，發現是一個年輕人吃了餛飩卻忘記帶錢，匆忙間拿出一本書說道：「我這本書送你，抵了這碗餛飩如何？」

誰料賣餛飩的老闆以為他是吃白食的，揪住他領子便要打。

福妞瞧這人不像混混，穿得乾乾淨淨，手裡拿著書，像是真的忘記帶銀子了，便上前替他付了帳。

這人感激得很，一邊整理衣衫，一邊嘀咕。

「我堂堂知州吃個餛飩還要被打……」

福妞沒聽清楚他說什麼，笑著說道：「餛飩就當請你吃了，無須還錢。」

年輕人抬頭笑道：「小姑娘，多謝妳了，只是餛飩的錢是一定要還的，妳家住哪裡？或者我們約一個時間地點，我回頭還妳。」

福妞又推辭了一番，那人卻十分堅持，弄到最後，福妞只得報上包子店的招牌。

年輕男人點頭。

「成，那我明日去還錢。」

第二日，那人果然來還錢了。他穿著一件榆白色的長衫，手裡仍舊拿著一本書。

「小仙女，這是餛飩的錢，還妳，謝謝了。」

福妞笑道：「我可不是什麼仙女，我就是賣包子的。」

「但我覺得妳就是仙女，人美心善，當真難得。若是沒有妳，昨日我便挨打了。」

福妞笑盈盈的。

「都是小事，不值一提。」

那人搖搖頭，繼續道：「我叫鄭啟申，住在東邊那條街，就是祠堂後頭，妳若是有什麼事情要找我，便去那兒找。」

福妞雖然覺得自己不會有事找他，但還是點頭道：「成。」

包子鋪的人潮絡繹不絕，鄭啟申還是第一次見到人氣這麼旺的鋪子，福妞的爹娘忙碌地做包子、賣包子，福妞負責收銀子、記帳。鄭啟申盯著她手裡的筆看了一會兒，問道：「妳會寫字？讀過書？」

「只是跟旁人學習了些，並不精通。」福妞道。

其實她向齊昭當真學了不少，甚至可以獨立寫上一篇文章，如今每日睡前也會看看書，肚子裡頗有墨水。

鄭啟申瞇起眼想了一會兒，點頭說道：「讀書好，莫要同旁人那般認為女子無才便是德，若是每個女子都像妳一樣好學就好了。」

福妞笑笑沒有說話。

過了一會兒，鄭啟申忽然問道：「若是我想請妳幫個忙，妳可願意？」

福妞一邊記帳，一邊問：「何事？」

「請妳幫我改善一下潭州的風氣，讓女子也開始讀書認字。我想辦一間學堂，專供女孩讀書，妳覺得如何？」

福妞一聽，樂了。「你以為你是知州大人嗎？辦學堂？這可不是小事，這種事除了知州大人，還有誰做得到？我想，還是別費那個功夫了。」

自古以來，女子無才便是德就是根深蒂固的思想，知州大人可是科舉出來的官員，難不成會支持女子讀書？簡直是笑話！

福妞想都沒敢往那方面想。

可鄭啟申拿手裡的書往福妞腦袋輕輕一敲。「小仙女，妳看不起誰呢？我還真就是知州大人。」

福妞笑得更樂。「知州大人吃餛飩差點被打嗎？」

鄭啟申微微發訕。「那、那是意外罷了！」

第四十章　福妞要訂親了

鄭啟申真是與別的官員大有不同。

他平日便喜歡裝成素人上街，治理潭州也別出心裁，比如這滿城的合歡花便是他讓人種的。

說是喜歡那句「山城過雨百花盡，榕葉滿庭鶯亂啼」的意境，只是覺得合歡花比榕樹葉更好看，便種滿了合歡。

潭州人之所以那麼和氣，也是因為有一位好知州，大家生活過得舒心。

福妞了解這一切後，對鄭啟申欽佩不已，自然答應和他一起創辦女子學堂之事。

鄭啟申的意思是創辦一間免費的女子學堂，潭州的女孩來讀書都不需要束脩，只要自己準備筆墨紙硯即可。

福妞原以為跟著齊昭學習讀書認字只是好玩，從未想過自己還可以教書育人，她油然而生一股自豪感，感覺生活越發有意義。

她每日把時間排得滿滿的，一大早起來和麵、剁餡、做包子，弄好之後就趕去學堂教書，在學堂待上一個時辰，再趕回包子店幫忙，一直到店鋪打烊，回家之後還要讀書增加知識以及準備第二日要上課的內容。

不知不覺，盛夏便到了。

鄭啟申是個極其愛花之人，他命人在潭州種了許多花，夏季來臨，合歡落去，各個大小水塘裡蓮花盛開，亭亭玉立煞是好看。

福妞從學堂回去經過一座橋，從橋上望去是滿湖的蓮花，粉的白的，開得熱熱鬧鬧，好生漂亮。

她站定，聞著南風吹送歸來的荷葉香，不由得怔忡。

腦子裡浮現一個人，那人曾說會教她畫畫，可卻沒有教。

不知他如今怎麼樣了，身子好不好，是不是已經訂親了，或者是……已經成親了。

福妞站了許久，最終悵惘地回家去了。

回家後，衛氏提了一件事。「妳劉嬸嬸今日與我說起潭州城裡有個古董行的兒子，為人很不錯……」

福妞一怔，捧著碗熱水小口地喝著。

衛氏笑咪咪地道：「那家人我是見過的，古董行老闆娘人很溫柔，她兒子也不錯，一家子都是好人。若是妳願意，回頭我就應允下來，也能趕著年前訂親。」

福妞仍舊沒說話。

衛氏湊過去摸了摸她的頭髮，如今閨女大了，生得越發水靈，心思也多了。

她以福妞為豪，不說福妞的好運氣，但就長相、脾氣、能力，有幾個男人能與之相比？

福妞如今可是學堂的女夫子呢！

衛氏說起那個古董行老闆的兒子，甚是滿意，嘴角都漾著笑意，跟福妞絮絮叨叨半天，見福妞不感興趣，便柔聲道：「福妞，妳可是喜歡鄭知州？娘瞧著他也不錯，只是聽聞他家裡窮苦、兩袖清風，妳若是嫁給他，只怕要吃不少苦。何況咱們家世一般，鄭知州興許看不上咱們。」

福妞趕緊說：「娘，您想什麼呢，我與鄭知州沒什麼的。我方才就是在想，我也的確到了年紀，娘若是喜歡古董行老闆的兒子，那便幫我張羅吧。」

與誰過都是過，除卻巫山不是雲罷了。

衛氏見福妞點頭了，就去向媒婆透了口風。古董行老闆一家便準備讓兒子去王家拜訪，也讓福妞爹娘見見。

其實古董行老闆的兒子沈瑜是見過福妞的，他是鄭啟申的朋友，某日去找鄭啟申見到了福妞，得知這姑娘是學堂的女夫子，家裡是開包子店的，回去便同爹娘說了。

他今年十八，比福妞大了三歲，一向眼光甚高，如今終於看上一個，他爹娘自然巴不得他立刻成親，一應的要求都答應。

原本沈家是想盡快訂下來，可沈瑜拜訪過王有正夫妻之後，硬是要把一切都準備到最好，訂親日子是請潭州最有名氣的寺廟住持給的，是十一月五號。

他原本沒料到王福福會這麼爽快答應自己，現下滿心都想把細節處理好。

福妞知道自己還有四個月就要訂親了，她在心裡默默算著，到時候也該要下雪了。

齊昭的身子還好嗎？她不知道。

好幾次周彥清來潭州，她瞧見了也不說話，怕自己一個不小心就開口問他齊昭的事情。

周彥清也不敢同她搭話，只默默站一會兒便走了。

夏季過去，中秋便來了，福妞做了些月餅分發給自己的學生，都是年輕的小女孩，五、六、七、八歲的都有，看起來稚嫩可愛。

月餅發到還剩一個，福妞笑咪咪地看著她們說：「今兒誰的字寫得最好看，這塊便獎勵誰。」

一群小姑娘趕緊認真寫字，福妞一邊來回巡視，一邊不經意地抬頭，看到窗外不遠處站著個年輕男人，長得斯斯文文，眸中帶笑，同福妞點點頭，很快便走了。

好一會兒福妞才反應過來，這人只怕是沈瑜。

她只知道自己將要訂親，卻從未見過沈瑜，今日見了一面，在心裡感慨，雖然對他毫無感覺，但看起來像是個好人。

距離潭州很遠的京城，九月天氣已經有些冷，齊昭穿著一件榆白色的長衣，坐在窗下拆信。

他爹自登基之後身子越來越差，昨兒竟然整日坐在椅上未曾起身，也要求齊昭坐在他旁邊幫忙處理政事。

齊昭坐了整整一日，起來時腿都僵了。

所幸今日有福妞的信，福妞這幾個月寫信非常勤快，幾乎每隔三日便寄來一封信，且言辭懇切，常常表達對他的思念之情。

齊昭在京城的日子異常辛苦，不但要承受三個哥哥的冷言冷語和設計陷害，還要承受他爹的懷疑、朝臣的批判，唯一能讓他感受到輕鬆與溫暖的便是福妞的信。

這幾個月他也給福妞寄了許多信，還問她要不要來京城，福妞只說習慣了周家的日子，等他在京城一切安定後再來。

的確，若是福妞來了，齊昭可能會兼顧不暇。

可齊昭看著那封信，內心卻沈了下去。

這些日子以來，收到了這麼多信，福妞的筆跡沒問題，可他總覺得哪裡不對勁。

他手裡拿著信，好半晌，外頭進來個人，是一直替他辦事的穆林。

穆林低聲道：「主子，二公子的人去了永州。」

齊昭猛地站起來。「去永州？」

他神色一沈，立即說道：「派人告訴舅舅，立即回永州，護著周家人安全。此外……你親自去永州一趟，把王福福以及我王叔、嬸嬸都接來。」

穆林點頭。「屬下遵命。」

齊昭知道福妞只怕不願意來，他必須想個萬全的法子，便低聲跟穆林說了幾句，穆林很快領命而去。

誰知道不過十日，穆林著人送信回來，說是王福福一家都不見了。

周家的夫人劉氏哀哀痛哭，說那家人不知好歹，竟然沒打招呼就擅自搬了出去，她也不知道他們去了哪裡。

這下子，不僅齊南的人想下手卻找不到福妞一家，穆林也找不到。

齊昭得了信，心中的火氣蹭蹭蹭地上升，當下不顧一切就進宮找了他爹。

他藉口永州一帶鹽商橫行，想親自去一趟，勸這些人多為朝廷效力，充盈國庫。如今國庫空虛，他爹便勉強應允了，卻只許他在永州待上三日便要回來，朝廷政事沒有他不行。

齊昭騎上一匹快馬，帶了些人朝永州趕去，日夜兼程，到了周家，礙於他外祖母的面子沒說什麼，但轉身便把劉氏扣押起來審問一番。

劉氏怕了，統統招供。

齊昭聽到她說福妞高燒不退被周彥清摟在懷裡，恨不得一拳打死周彥清，又痛恨自己無能，竟然在福妞最需要幫助的時候不在她身邊。

等聽到劉氏說曾經想讓福妞做周彥清的媳婦，他目光森冷地看過去，嚇得劉氏一抖。

最終，劉氏只能跪地磕頭。「王、王爺……我、我真的不知道他們去哪裡了呀！」

齊昭帶人四處搜查，查了一天一夜，都沒找到福妞一家的蛛絲馬跡，最終只能讓人四處散播消息，說京城的瑞王回到永州探親，可忽然一病不起，眼下已經快要死了。

福妞是第二日下午得到的消息，潭州離永州本就不遠，訊息一下子就散布過去了。福妞知道此事之時，當下頭暈目眩，幾乎站不穩。

她回去同爹娘說了，王有正和衛氏皆是不信。

「小五如今身分高貴，日日有人伺候著，怎麼可能會病成那樣？」

可福妞搖頭，滿臉愁容。「到處都傳遍了，想必是真的！爹、娘，聽說他就在周家住著，只怕是不行了，咱們、咱們要不要去看看？興許用從前的法子能救回來？」

她說著，眼淚大顆大顆地掉，心裡止不住地痛。

齊小五不是去享福了嗎？怎麼會生病？

王有正和衛氏也是擔心，三人商議完，當即關上店門，駕著牛車往永州趕去。

一路上倒是沒人抓他們，因為城中到處都是齊昭的人，齊南派去動手的人躲都來不及。

齊昭早已得了消息，說福妞一家子出現了。他懸著的一顆心總算放下了，但並沒有出門迎接，而是躺在床上，作出一副病弱的樣子。

第四十一章　摔在齊昭懷裡

一路上王有正趕車趕得急，顛簸得厲害，終於到了周家門口。小廝瞧見他們便上來問要找誰，福妞說要找周家小姐周凝雪，誰知道立刻過來一個人說：「敢問幾位可是王家的人？我們公子病了，正想見你們。」

福妞立即點頭。「可是京城來的齊公子？」

「正是。」

一行人跟著小廝進去，走到齊昭休息的屋裡，聞見一股藥香。

齊昭從床上坐起來，他咳嗽幾聲，瞧著的確像是身子不大舒服，但也沒到快死了那麼嚴重。

齊昭似乎與從前區別不大，依舊是面容略顯蒼白。

他想起來給王有正和衛氏行禮，立即被衛氏攔住了。「小五，你不舒服，躺著就是了。」

王有正也道：「是啊，且你如今是什麼人物？怎能給我們行禮？」

齊昭微微一笑。

「無論何時，我都是你們的小五。若是沒有你們，哪來現在的我？」

小廝拿了凳子讓三人坐下，齊昭便低聲說了些自己在京城的事情，說他爹登基之後封他為瑞王，平日十分繁忙。

雖然他只說繁忙，沒道行事如何艱難，可福妞還是瞧見了他眼底淡淡的烏青。

當初他家人能拋棄他，現下定然也不好過。

福妞低下頭，沒有說話。

過了好一會兒，進來了個小廝，說是不知道某種藥該如何煎，要請教衛氏，衛氏趕緊同他一道出去；接著又有人來請教王有正如何餵馬，王有正其實也不知道，心想齊昭大概是想和福妞說話，他也沒戳破，便出去了。

福妞仍舊坐在凳子上，離齊昭的床大約十來步遠。她低垂著腦袋，似乎比從前纖瘦了些，身上穿著一件淺黃色繡花長裙，顯得尤其別致。

京城不少人想往齊昭身邊塞女人，環肥燕瘦的都有，齊昭看都不看一眼，人人都道，興許他不喜歡女人。

若是有人瞧見他如今癡癡的眼神，只怕就明白了，他不是不喜歡女人，是只喜歡這一個。

「這些日子，可還好？」齊昭輕聲地問。

福妞抬起頭靜靜地看著他，其實有許多話想問，但終究都問不出口，只道：「我要訂親了，過得挺好的。」

齊昭心中轟的一聲，原本沒病，卻跟真的病了似的，渾身都難受。

「妳要訂親了？」

他直接撩開被子下了床，走到她面前。

福妞點頭，一字一句地說：「嗯，我娘說，我今年十五了，是該訂親了。」

齊昭腦中亂七八糟，他原本想抬起她的臉好好看看她，可卻忍住了。

忽然之間，他直挺挺地往後暈了過去。福妞嚇了一跳，立即上去扶住他。「齊小五！你怎麼了！」

穆林聽到福妞一喊便衝了進來。他是會醫術的，跟著齊昭一則幫他做事，二則便是照顧他身子。

「我們王爺不能受刺激，王姑娘，王爺這會兒只怕是驚厥了，我給他扎幾針，等他醒來您好好哄哄他行不行？」穆林說得跟真的似的。

福妞點頭，嚇得眼淚都要出來了。「好好，你快救他！」

王有正和衛氏知道了，也都有些驚嚇。「福妞，妳到底說了什麼？」

「我只是說我要訂親了……」福妞還有些狀況外。

王有正卻理解了。

好在不久之後齊昭醒來了，醒來之後依舊虛弱得很。

他看著王有正和衛氏，央求道：「父皇給我指派了不少事情，命我三日內必須返程，我這身子旁人照顧也不放心，若是王叔和嬸嬸方便，不知可否送我一程？」

王有正與衛氏思量片刻道：「福妞訂的那戶人家擇了十一月初五的日子，我們這個時候送你，應當來得及回來，你身子不好，路上若是出了意外也不成，我們便送你回去吧。」

齊昭點頭道：「多謝了。」

他的心慢慢沈澱下來，不再是虛無縹緲的苦澀感，私下卻還是立即著人打探福妞訂下的是哪戶人家，然後讓人把沈瑜帶來自己跟前。

沈瑜原本在核對訂親細節，聽聞王爺找他，十分不解。

他家從商，與官場素來沒有牽扯，怎麼忽然會被王爺召見呢？

等見著了齊昭，沈瑜心中暗道不妙，但還是依規矩行禮。

齊昭眸色冷淡，雖然是坐在那裡，卻讓沈瑜感覺到非常深沈的壓迫感。

「你爹娘可是開了間古董鋪子？」

「正是。」沈瑜答道。

齊昭微微一笑。「永州的知州大人崔明遠之女甚為喜歡研究古玩，本王給你們作媒，如何？」

沈瑜微微一愣，下意識想回答自己已經要訂親了，但忽然驚覺齊昭要給他作媒的人是誰。

那可是永州的知州大人，若是他成了知州大人的女婿，沈家往後可就不同了。岳丈定然會為他安排好仕途，不說能成大官，做個小官也是不錯的。

沈瑜此人喜愛附庸風雅，自覺比旁人高潔幾分，實際上科舉連著失敗三次，心裡頗為遺憾。

他原本想著自己就只能做個普通人，靠著家裡基業、娶上一房賢妻過完餘生，忽然間就動搖了。

哪個男人不好做官？若是能有這個機會，他當然願意。

何況，這是王爺親自保的媒，將來說出去臉上也是有光的。

至於王福福……

等他娶了知州大人的女兒後，會把王福福也娶回去，做個妾，雖然不及正妻尊貴，但必定會好好對待她。

沈瑜笑著說道：「沈瑜多謝王爺！」

齊昭冷眼看著他道：「既如此，你便手寫一封信，把你原本要訂的親事退了。」

沈瑜瞬間明白了。「王爺，您是看上了王福福?!」

面前的清冷男人沒有說話，但沈瑜心中卻是百轉千迴，彷彿被羞辱了，若是按照他以前的性子，必然會大怒，駁回齊昭的指示。

可這回不同，那是一塊太過可口的肉，他捨不得吐出去。

最終，沈瑜老老實實地寫了一封信，雖然心中不甘，卻還是勸自己，女人多得是，王福福這樣的雖然少見，可等他有朝一日發達了，還是可以遇上的。

齊昭態度很冷，見他寫完信便把他攆了出去。

那信很快到了王有正手上，王有正不認識字，讓福妞一瞧，福妞看完沒有覺得不高興，反倒覺得心裡輕鬆許多。

她與沈瑜原本就不認識，如今親事退了，也沒什麼。

「沈瑜說，家中出了變故，訂親之事只怕暫時不行了。」

王有正有些不悅。

「沈家竟然如此出爾反爾？他既這般，那這門親事不要也罷！」

穆林自然看得出來，王爺待王姑娘一家情深意重，便準備了寬敞舒適的上等馬車，裡頭食物、熱水一應俱全，福妞第一次覺得坐車不辛苦。

除此之外，還有幾個侍女、小廝跟著伺候他們。

王有正心中大概也明白齊昭的想法，他原本還想問問福妞，但一見福妞的神色，便知道她這幾日比從前都要開心。

他嘆嘆氣，與衛氏又說了一番，大抵是自家家境一般，與齊昭是雲泥之別。

衛氏聽了之後笑道：「這事咱們擔憂了好幾年，如今還是擋不住，不如就順其自然。不過，我倒是覺得咱們閨女還沒開竅呢。」

福妞的確還沒開竅，她見到齊昭開心，但卻不知道為什麼開心。她心裡想著，也許自己是做姊姊的，見著弟弟哪有不開心的？

一路上，福妞大多時間與爹娘待在一處，可走著走著，穆林過來求助。「王老爺、王夫人、王姑娘，我們王爺不肯喝藥，這可如何是好？」

王有正眸子一沈。「小五也太任性了，他如今身子不好，又有那麼多事情等著他做，不喝藥怎麼成？」

穆林又問：「敢問從前我們王爺喝藥，都是如何喝的？」

福妞想起以前即使是很苦的藥，他都是當著她的面一下子喝完，有時候體力不支，福妞便一勺一勺餵他。

「那我去餵吧。」福妞提出來。

她下了車，進了齊昭車廂裡，裡面只有他一個人，顯得有些空曠，齊昭正斜靠在那裡閉目養神。

他一路上都在看文書，的確是累了。

福妞看著桌上的碗，皺眉。

「你怎麼不喝藥？」

齊昭睜開眼，疲憊道：「太苦了，手也沒力氣。」

福妞嘆氣，只好坐過去，端著碗餵他，一勺一勺的，齊昭竟然就喝光了。

其實那黑乎乎的只是清熱的藥罷了，齊昭如今身子還不錯，並沒有什麼病。

但這清熱的藥也苦，只是福妞餵的，他喝了一碗，就想喝第二碗。

齊昭許久未見福妞，也就初見時說了幾句話，但為了設法讓他們來京城，又是裝暈、又是生病，還有許多話無暇好好說。

「妳瘦了許多，是不是沒好好吃飯？」齊昭問。

福妞收回空碗。「沒有，你既然喝完了，我便下車了。」

可齊昭一把抓住她的手腕。

男人的力氣很大，雖然他控制了些許力道，但福妞仍舊覺得他抓得很緊。

「福妞，妳看看我。」
福妞抬起頭平靜地看著他。
齊昭後悔又歉疚地道：「都怪我那個舅媽從中作梗，我竟不知道後來收到的那些信，都不是妳寫的。」
福妞抿嘴。「信？你收到了信？」
「是，這幾個月，我時不時就會收到妳的信，原來都是她找人仿寫的。原本我以為妳是在練字才會狀態不穩，此次回來才知道那都是假的。」
其實，齊昭明白自己錯在哪裡，他錯在享受那些甜言蜜語，不想正視自己的懷疑。
福妞這才明白，他不是沒給自己寫信，而是被人攔住了。
不知道怎的，她心中舒服了許多。
「嗯，我知道了，我先下車，你好好休息。」
可齊昭依舊不鬆手，眸中透著渴望。
「妳陪我說說話好嗎？」
福妞心中有些亂，她不敢去想太多，卻也克制不住。
「好，你說吧。」她坐下來。
齊昭一時之間也不知該說什麼，半晌，才淺笑說道：「等到了京城，我帶妳去看煙花、看孔明燈，這會兒正趕上賞菊大會，京城有一處菊花園，裡頭的菊花數不勝數，堪似滿城盡帶黃金甲。」

福妞對他的形容也有些嚮往，她問道：「你不忙嗎？你在王府的日子有人為難你嗎？」

齊昭心裡一軟，笑道：「我不忙，妳來了之後我還忙什麼？就算有人要為難我也沒關係，我為難回去便是了。」

齊南不是沒有對他動過手腳，只是好幾次都被他設法還回去了。

眼下他們的馬車後頭就不知道跟著什麼人，隨時都有可能會動手，若不是齊昭安排的人護衛周全，想必早就出事了。

齊昭想起了什麼，說道：「京城的一切都好，只是沒有妳，我日日都覺得缺了一角，心裡冷得很。」

他說了這話，福妞不知該如何答，便說：「那我和爹娘在京城陪你幾日，等你好了我們再走。」

齊昭低低「嗯」了一聲，其實心裡根本沒有想過讓他們走。

馬車行了差不多七日，因為走得慢，耽擱了不少時間。到了京城，福妞從馬車窗子往外瞧，京城十分繁華，路上隨便一個行人都穿得很貴氣，和他們在永州見到的大戶老爺差不多了。

王有正和衛氏活了半輩子，見到這等繁華景象也忍不住雀躍起來。

馬車又行了一炷香時間，停在了齊昭的王府外頭。這府邸位置極好，院落別致寬敞，簡直如花園一般，乃是前朝的將軍府，因為齊昭喜歡，他爹便賞賜給他。

齊昭獨自住這兒，倒是寂寥得很，下人們除了打掃屋子以外也無事可做，今日忽然來了貴客，都表現得十分熱情。

穆林透了口風，說這三人是王爺極為看重之人，務必奉為上賓。

王有正和衛氏應接不暇，十來個丫鬟圍著他們，一口一個老爺，一口一個夫人，喊得他們像作夢一般。

還別說，有錢的滋味真好！被人這樣伺候著，心裡就是再不開心，也都能被哄開心了。

府裡還請了戲班子，邀王有正和衛氏去看戲，從前兩人也就偶爾得空看過大戲臺，如今王府請的戲班子都是京城有名的，自然比外頭那些更好看。王有正和衛氏看得津津有味，一時間把福妞都給忘記了。

雖然馬車華麗舒適，但長途跋涉還是會累。福妞打開自己的包袱，想找換洗衣裳洗個澡，卻見一個小丫鬟進來笑容滿面地說：「王姑娘，我們給您準備了衣裳，方才小桃魯莽，竟把您帶到客房來了，我這就帶您去您的屋子。」

福妞初來此處，有些拘謹，丫鬟說什麼便是什麼，就跟著換了個屋子。

一進到這間屋子，福妞就移不開眼了。這屋子比方才那間客房精美許多，牆上掛著字畫，地上鋪著精緻的毯子，處處都是漂亮的擺件，好大一棵紅珊瑚就隨意放在那裡，梳妝檯上擺滿了珠釵胭脂等物，全是女孩喜歡的東西。她有些愣住，趕緊退了出去。

「這位姊姊，這屋子是誰的？只怕我在這裡換衣裳不適合，我還是去客房吧。」

丫鬟笑道：「王姑娘，這屋子就是您的。您先前還未來時，王爺便要我們安排，把屋子都打點好，王爺親自來了好幾次，這裡頭的東西都是王爺確認過的，方才還讓人問到，您若是不喜歡，就再送新的來。」

福妞哪裡會不喜歡？她心中震撼，齊昭竟然如此用心！

這幾個月，他一直都在為她準備這間屋子。

可是，她又以什麼身分住呢？

丫鬟拉開衣櫥，裡頭都是為福妞事先做好的衣裳，每一件都十分別致。

福妞挑了一件淺碧色的長裙，這裙子的布料摸著就與從前穿的不一樣，滑順輕盈，繡花的針線看起來彷彿不存在，但又有如真花開在裙子上一般，似乎都能聞到香氣。

丫鬟笑咪咪的說：「王姑娘，這些都是貢品，按理只有宮裡的娘娘才能穿，可皇上賞給了我們王爺，我們王爺就都留給您做衣裳。」

原來是這樣，福妞摸著那些衣裳，像摸著珍寶一般，生怕弄壞了。

接著，丫鬟為她挽了個髮髻，丫鬟的手十分靈巧，不過幾下，就挽好了一個少女髮髻，插上一支玉簪，顯得十分清純俏麗。

福妞對著鏡子看自己的唇，方才那丫鬟不知道給她用了什麼口脂，色澤柔美，略帶香甜。

她正看著，沒注意丫鬟什麼時候走了，而齊昭來了。

他也換好了衣裳，天青色的長衫穿在身上襯得姿如松柏，眉眼清逸，煞是好看。

福妞正看著鏡子，忽然瞧見齊昭也出現在鏡子裡，嚇了一跳。

她立即要站起來，卻被齊昭按了回去。「畫好再起來。」

福妞在畫眉，她其實不常畫眉，因為她的眉毛不描也很好看，但看著桌上精緻的眉石，還是忍不住想試試。

此時齊昭在她身後，不知道為什麼，福妞覺得手有些抖，試了幾次，終究沒有下手，正想放棄，忽然齊昭繞過她，站到她右前方，握住了她的手。「別動，我幫妳畫。」

他身上那股特殊的松木香氣撲面而來，幾乎要把福妞淹沒了。

她下意識閉上眼睛，呼吸都有些紊亂了。

那張精緻的臉龐就這麼安靜地出現在齊昭面前。

他喉嚨滾動兩下，手裡的眉石也有些拿不穩了。

良久，齊昭都沒有畫下去，福妞睜開眼，問：「你還畫嗎？」

齊昭啞然一笑。「畫。」

他小心地在她眉毛上描了幾下，笑道：「好看。」

福妞也笑了起來，站起來說道：「你就這麼有自信？我要去找我娘，讓她看看好不好看。」

她才說完，不知怎麼的被椅腳絆了一下，眼看就要往前撲倒在地，齊昭立即抓住她，把她拉到了懷裡。

福妞先是一陣天旋地轉，接著聽到那人有力的心跳聲，怦怦怦，一聲跟著一聲，福妞口乾舌燥，伸手要推開他。

齊昭哪捨得鬆手，就那麼抱著她，遲遲沒有放開。

最後，還是福妞臉都紅透了，小聲說：「齊小五，你放手。」

齊昭這才放手，眸色有些深沈。「妳娘在看戲，妳想不想看？還是我帶妳四處走走？」

福妞此時羞到不行，自然選擇和她娘一起看戲。

第四十二章　親如姊弟？

誰人不知當今新皇失了嫡子，次子齊南被責打後走路都成問題，三子、四子不大中用，唯有這忽然歸來的小兒子手段厲害，頗具才幹。

原本朝中不少人看不上齊昭，認為他才回京城，不過是偶然辦成幾件事，哪值得皇上那般重用？

可齊昭話不多說，便大刀闊斧地肅清朝政，查辦幾起貪污案件，起出上百萬兩貪銀，而被伏擊的官員都是朝中一等大員，素來名聲極好，如此這般雷厲風行，誰還不服齊昭？

何況水至清則無魚，朝中百官，兩袖清風的能有幾人呢？

這下子誰不怕齊昭，誰還敢再說什麼。

皇上原本對齊昭還有些顧慮，可齊昭辦事得力，表現得又甚為乖順，比死了的齊圳還要強上百倍，加上他原本就最喜歡齊昭母親，如此竟也就順水推舟，越發偏愛齊昭。

只有一次齊昭當著他爹的面展露了戾氣，那是他爹在他面前提起了他娘。

「你娘當初性子軟弱，並非我不想保護她，但凡她圓滑些，知道如何伺候主母，也不會落得那般下場。我心裡其實很喜歡你娘，我會下一道旨意，追封她為皇貴妃。」

齊昭抿嘴，眸子裡原本的平靜與乖順消失不見，被皇上看了個一清二楚。

他知道，齊昭甚是思念亡母，但那又如何？女人對他們皇室的人來說，從來都不是最重要的。

皇上咳嗽幾聲，不甚在意地說：「你終究會明白，情情愛愛的又有什麼用呢？女人，就是差別再大，又有什麼，舊的去了，新的會再來。有時莫要說一個王爺，就是皇帝，也不能由著性子去偏愛哪個女人。」

齊昭聲調沈沈。「是嗎？但凡真正喜愛，又哪來的保護不了。」

命都可以捨去，難不成還捨不得這天下。

他回來，並非為了拿到天下，而是為了復仇，是為了給福妞最好的生活。

若只為自己著想，他倒是更喜歡歸隱田園。春日與福妞一起種菜、看花，走在梨花樹林裡，風一吹，梨花花瓣簌簌掉落；秋日又可與她一起去蘆葦蕩裡撿鴨蛋，天高雲闊，哪裡不比皇宮愜意。

興許知道自己最後的指望便是齊昭，加上對他也有歉疚，皇上難得耐心了些。「往後你便知道了，你現在還小呢。」

齊昭離開宮中，直接讓人駕車回了王府。

這會兒福妞正在看池中的錦鯉，肥大的錦鯉在池中游來游去，這是她第一次見到這種魚。

王有正琢磨著。「不知道這魚能不能吃，吃起來味道如何？」

衛氏掩唇笑道：「你就知道吃，這是人家觀賞用的。」

王有正也笑。「我哪裡知道呢？」

這王府猶如仙境一般，處處都是他們未曾見過的事物，讓人流連忘返。

衛氏看了看日頭，說道：「小五也該回來了，我去看看廚房裡的飯菜和他的藥如何了。」

他們打算等齊昭身子完全恢復便離開京城，因此衛氏對於齊昭的藥飲方面格外用心。

廚房裡的人對衛氏十分恭敬，因為整個王府只有齊昭一個主子，這些人見王爺待衛氏禮數周全，便把衛氏也當成重要人物，一口一個「王夫人」喊著。

衛氏拗不過他們，只得隨他們去。

衛氏去廚房，福妞則是回了自己屋子，她從包袱裡拿出兩件之前為齊昭做的中衣。

齊昭脾胃不好，容易受寒，受寒之後便食慾不振，難受許久，如今九月底了，到了十月天氣就會轉冷，中衣需在胸腹處加厚。

可她拿出來一瞧，自己用的都是普通棉布，這布料便宜，雖然穿起來舒服，但怎麼比得上王府裡的東西？

福妞想了想，便問身邊的翠玉。「你們王爺平日穿的衣裳都是哪裡來的？」

自齊昭被封瑞王之後，翠玉便隨侍在側，是王府裡的得力丫鬟，她笑道：「王姑娘，我們王爺穿的衣裳通常都是宮裡繡坊做的，手藝是全國頂尖的，否則怎能穿到王爺身上？您放心好了。」

福妞一聽，立即把手裡的東西藏了起來。

她做的衣裳，只怕是不配給齊昭穿了。

翠玉還繼續說：「皇上疼愛王爺，王爺什麼都用最好的，旁人哪裡比得上？也因為如此，不知多少女子心儀王爺，想嫁給他……」

說到這，翠玉看向福妞，她其實不太明白王爺和這位王姑娘的關係，便想試探一番。

福妞心下了然，笑道：「妳只管說，我倒是想知道，我這弟弟在京城多受歡迎。」

弟弟？翠玉心中大概明白了，這家人對於王爺來說應該是像親人一般的存在。

她便大著膽子笑說：「王姑娘，您不知道呢，昨日趙侯爺府上的大小姐還來咱們王府門口站了小半個時辰，說是來送自己親手做的糕點，可惜，我們王爺說了，一律不見。」

翠玉逮著個可以肆意說王爺八卦的人，小嘴便叭叭地說個不停。

說了好半天，福妞輕輕笑道：「那妳覺得你們家王爺跟哪家姑娘最有可能？」

翠玉認真地思考了一番說道：「奴婢覺得應當是跟長公主府的二小姐最有可能。上次從宮裡回來，羅二小姐沒帶傘，是我們王爺撐傘送她回去的。」

撐傘送羅二小姐回去？福妞聲音淡了些。「是嗎？只是撐傘也說明不了什麼。」

翠玉低聲笑道：「姑娘有所不知，聽聞有一次羅二小姐在宴會上跳舞，我們王爺難得誇讚了一句，說什麼矯若游龍，反正奴婢也不理解，大概就是在誇羅二小姐跳得好看。羅二小姐本就生得貌美，又是長公主之女，和王爺是表兄妹，奴婢認為是非常相配的。」

福妞似乎可以想見，妙齡少女翩然起舞，而齊昭坐在席上安靜地看著，眸中帶笑。多好啊，長公主府的千金，那必定是從小穿金戴銀，能歌善舞，頗通詩書的。

哪裡像她，自小在泥窩裡打滾，後頭日子好些了，但也是要日日和麵、蒸包子、賣包子的。

她比不上那些大小姐，也不想比，她會有她自己的生活的。

雖然說自己未來的日子會平淡些，物質方面也不充裕，但福妞不羨慕那些大小姐，她只是有些羨慕齊昭未來的妻子，畢竟齊小五真的是個很好很好的人呢。

齊昭從外頭回來的時候，下人們立即把飯菜擺上，這幾日他都是同福妞一家一起吃飯。

四個人坐在八仙桌旁，宛如曾經在老家圍著破木桌子一般，氣氛融洽，但很明顯如今的環境與從前大不相同。

頓頓十來個菜，烤鴨、乳鴿、雞魚肉蛋、時蔬鮮果，各色美味，令人應接不暇。王有正和衛氏都胖了，福妞也免不了胖了幾斤。

王府裡的廚子各顯神通，今兒做得又是些新鮮的樣式。衛氏笑道：「這幾日真是比我們半輩子見得都多。小五、福妞，你們兩個瘦，要多吃些。」

福妞喝了一碗羊肉白菜湯，鮮美可口，可她不大舒服，覺得心堵吃不下去。不知道怎麼回事，她一看見齊昭，就想起他和羅二小姐一起撐傘走在雨裡，想起他們一個跳舞、一個讚美。

多麼和諧，齊昭同那羅二小姐多麼和諧啊！

她放下筷子，擺出輕鬆愉快的笑意。「爹娘、小五，我下午糕點吃多了，這會兒不餓，想回去睡一會兒。」

衛氏嗔怪道：「福妞，妳還是要多吃正餐，明兒娘就看著妳，不許貪吃糕點。」

福妞笑笑。「好，娘，我都聽您的。」

她說著轉身回房去了，齊昭沒吭聲，過了一會兒道：「王叔、嬸嬸，小五還要處理些事情，就不陪你們了。」

「嗯，你去忙吧，不用管我們。」王有正揮手道。

齊昭一走，衛氏本打算去看看福妞，卻被幾個丫鬟纏著了，這幾個丫鬟不知怎麼的嘴巴這麼厲害，一個接一個的笑話，硬是纏得衛氏和王有正忘了其他事。

齊昭沿著長廊往福妞的屋子走去，一路上穆林在他耳旁低語。

「跟著王姑娘的人說，今兒翠玉這丫鬟不知為何忽然與姑娘提起王爺您的親事，還暗自揣測您與羅二姑娘的關係，王姑娘倒是沒有表現出不開心……」

齊昭腳步微微放緩，沒有不開心？那她為何不吃晚飯了？

這幾日福妞糕點是吃得多，但他私下同丫鬟吩咐了，多給她吃些消食的山楂湯，並不影響吃飯。

今日她明顯反常。

福妞正在窗下寫字，她讓屋裡人都出去了，獨自站在桌前，毛筆在宣紙上緩緩地滑行。

還別說，這上好的墨汁與宣紙，寫出來的感覺的確不同。

她也不知道自己在想什麼，就在紙上胡亂地寫。

不知為何，整個人都有些蔫。

屋內安靜極了，花瓶裡插的百合馨香滿屋，在老家她未曾見過這種花，嬌嫩純潔，又香得很。

齊昭得知她喜歡，便日日讓人送來新鮮的百合放在屋子裡，讓她睡覺時夢都是甜美的。

福妞覺得自己的字風骨不夠，她雖然練習得多，寫字也算娟秀整齊，但若想趕上齊昭，只怕是難得很。

可惜，他沒有時間教她，往後只怕也沒什麼機會了。

想到這裡，福妞又提著筆發呆，筆尖一滴墨水「啪嗒」掉在紙上，暈染成一團。

「唉。」她低聲嘆氣，正想補救，忽然有人從身後握住了她的手。

「我來教妳寫。」是那道清淺熟悉的聲音。

齊昭不知什麼時候進來了，他站在她身後，握著她細軟白嫩的小手，筆走龍蛇，接著她方才寫的地方往下寫。

福妞臉上一紅，心臟狂跳，低頭一看才意識到自己寫了什麼。

「昔我往矣，楊柳依依。今我來思，雨雪霏霏。行道遲遲，載渴載饑。我心傷悲，莫知我哀！」

只消一會兒，齊昭就握著她的手寫完了這幾個字，揮灑自如，形容俊美。

他站在她身後，幾乎等於抱著她，在她耳邊問：「還想寫嗎？」

福妞沈默了下，說道：「寫什麼？」

「我寫給妳看。」齊昭握著她的手繼續寫了下去。

「長相思，在長安，絡緯秋啼金井闌……長相思，摧心肝！」

「雲想衣裳花想容，春風扶檻露華濃……」

直到桌上的紙被寫光了，齊昭才停住筆。

福妞自然知道，他寫的這些東西，全部、全部，都是表達思念的。

她正想掙開他，問問他，是在想羅二小姐嗎？

齊昭就在她耳旁問：「福妞，妳想我了嗎？」

福妞耳中宛如炸開了煙花，手足無措，她下意識地說：「不想。」

為什麼要想他？即使是日日都在想，她也絕對不會承認。

她才不想齊小五！

齊昭微微有些失望，福妞乘機從他懷裡鑽出來，咳嗽一聲。「你往後莫要再與我這般親近，雖然我們親如姊弟，但在外人看來還是不同的，萬一被人誤會就不好了。」

聽到這話，齊昭皺眉。「親如姊弟？」

福妞心裡亂七八糟，看著他往自己面前走了一步，她立即後退一步。

「不是嗎？我一直都把你當親弟弟對待，對你極好，你不會不承認吧？」

福妞整理了下頭髮，轉頭假裝看外面。「弟弟，往後，你在王府好好的，我與爹娘還是要回家種地的。」

齊昭瞇起眼睛，他一向隱忍的情緒，不知為何再也忍不住了。

她想走，似乎是絲毫意識不到他對她的感情，或者是，她對他真的只有姊弟之情？

他走過去，一把抓住她手腕，把她壓到牆上，漆黑的眸子裡都是壓迫。

「妳喊誰弟弟？誰是妳弟弟？」

福妞有些無辜，也有些慌亂。「喊你，你比我小，自然是我……」

齊昭看著她那一動一動的粉嫩小嘴，真是想用什麼辦法堵住，但最終，還是忍住了。

他一把把她抱起來，讓她坐在椅子上，神色嚴肅地看著她道：「我姓齊，妳姓王，我不是妳弟弟。」

福妞不知道他要做什麼，只堅持說：「不是便不是，但我們還是要回去的。」
「妳回去做什麼？」齊昭滿臉不高興。
「回去嫁人，相夫教子。」福妞理直氣壯。
齊昭呵呵冷笑。「京城多的是好人家，妳想嫁人，難道還嫁不掉？」
福妞別過頭，有些不高興。「我又不是趙侯爺家的小姐，也不是羅二小姐，嫁人並不容易……」
她這是吃味了，齊昭忽然笑了，那笑聲倒是有些爽朗與高興。
他是真的高興，看著福妞吃味。
「她們嫁得容易，是她們的事，妳嫁得容易不容易，全看妳自己。王福福，妳若是願意，我隨時都能娶妳。」
福妞瞪大眼睛，好一會兒不知該說什麼，最終結結巴巴地說：「這怎麼可以！我不嫁給你！」
她站起來，焦躁地在屋裡走來走去。「我才不會嫁給你。我比你大，何況你是王爺，你不許打我的主意。」
齊昭不管不顧，抓住她的手，親她的手指尖。
「十指連心，妳用指尖血給我做藥引，卻又說不想嫁給我？可我就想娶妳。」

福妞想掙開，卻怎麼都掙不開。

齊昭一步步又把她逼到牆上。「妳嫁給旁人，我不放心，沒有人比我對妳好。妳若是嫁人，只能嫁給我，別的妳也不必操心，我既然說要娶妳，自然有娶妳的法子。」

他一隻手輕輕摩挲她的臉頰。「我想娶妳很久了，終於能明明白白地告訴妳，我想把最好的一切都給妳，讓王福福成為最幸福的姑娘。」

福妞低著頭，一聲不吭，齊昭微微抬起她的下巴。

粉嫩柔軟的唇瓣，讓人好想吻上去，最終還是忍住。

他忍得辛苦，聞著她身上的馨香，問：「妳怎麼不說話？」

福妞抬起頭，眸子微微發紅。「我不嫁給你。」

齊昭耐心地哄她，問她。「為什麼？」

福妞低聲說：「我不是趙小姐，也不是羅二小姐，沒有做長公主的娘，也不會跳舞……」

齊昭笑了。「翠玉這丫鬟無事生非，那日下雨是穆林為羅二小姐撐傘，跳舞那次我是說了句矯若游龍，但都是場面話，事後並未聯絡過。姑母是曾暗示想把羅二小姐許配給我，我拒絕了；至於趙小姐，連我的門都進不來，妳這坐在門內的人，卻說自己比不上她？」

福妞還是道：「不行的，我不能嫁給你，我們實在不相配，我只想賣包子，不想做王妃。」

齊昭有些急了。「妳做王妃也可以賣包子，妳想開包子店，莫說是一間，就是十間百間都是可以的。妳不想嫁給我，是因為妳不喜歡我？」

他眸色閃爍，生怕福妞說不喜歡他。

可福妞真的說了，她紅著眼道：「那你就當……我不喜歡你吧！」

她與翠玉的對話還不只那些，後來翠玉還說了，王爺要娶的妻子必須有顯赫的娘家，才能當王爺強力的後盾，否則就是絆腳石。

她怎麼可以當齊昭的絆腳石？

少女通紅的眼溢出眼淚，順著白皙的臉頰往下掉。

齊昭心痛，又氣憤，他乾脆低下頭去親她的眼角，親了一下，啞著嗓子問：「嫁不嫁？」

福妞大驚，胸口劇烈起伏，雙手卻被他摁著動不了。

她不可置信地瞪大眼睛看著他，他竟然親她！

齊昭絲毫沒有退縮的意思，見她不答話，又去親她的鼻尖，親完之後又問：「嫁不嫁？」

福妞哭了，齊昭卻還是不放過她，去親她的下巴。「嫁嗎？」
他一下一下地親，最終，快要親到嘴唇的時候，福妞一跺腳，喊道：「嫁！」
她一邊哭一邊說：「齊小五！我嫁還不行嗎！你不許親我！」
齊昭心中一熱，卻沒有離開，仍舊離她的唇非常近。
「那……說妳喜歡我。」
福妞臉上如熟透的蘋果一般，她哪裡說得出口，便氣得去踢齊昭。齊昭還是不依不饒道：「不說嗎？不說我就親下去了。」
她很難為情，最終還是艱難地開口。「我喜歡你……」
「誰喜歡誰？」
「王福福喜歡齊小五……」
「嗯，什麼時候喜歡的？」齊昭聲音如清泉流過松石，動聽又魅惑。
福妞彷彿被勾了魂，聲音磕磕絆絆。「喜歡……喜歡……很久了。」
「好，齊昭也喜歡王福福很久了。」
他輕輕抬起她的下巴，往她的唇親了下去。
唇瓣貼在一起，兩人都在微微發顫，齊昭把她的手放在自己的腰上，接著緊緊摟著她。

福妞十分生澀，大腦一片空白，才那麼一會兒，就香汗淋漓、渾身發軟，倚在了齊昭懷裡，她又羞又惱道：「我不成了……齊小五你混蛋！」

齊昭揉揉她腦袋。「這樣妳就不成了，往後可如何是好？」

福妞閉著眼睛，睫毛都是濕潤的。今日宛如作夢一般，她怎麼也想不到事情會變成這樣。

兩人就這麼抱著，好一會兒福妞才清醒了，她慌忙推開他。「我爹娘很快就要來看我了，你快走！」

「妳爹娘在和四喜她們說話，一時半刻過不來，妳晚上還沒吃飯，我餵妳。」

還別說，方才折騰那麼一陣，福妞是真的餓了。

她低著頭，耳垂紅透了，宛如要滴血一般。

「我自己能吃，何須你來餵？」

「我想餵，就像妳餵我喝藥一般，福妞，聽話。」

他讓人送來飯食，一口一口地餵給福妞吃。福妞起初不習慣，後來竟也覺得這樣躺在床上讓人餵飯吃，竟然還挺舒服的。

一碗燕酥酪福妞吃了一半，齊昭盯著她問道：「好吃嗎？甜嗎？」

「甜的，好吃。」福妞稱讚。

「哦，我也想吃。」他放下碗，俯下身子，又親了上去。

福妞沒想到齊昭那麼清冷的一個人，竟會是這個樣子，才這麼一會兒，親了她好多下。

若是跟他成親了，那還得了？

她想想就要哭了。

第四十三章 求娶福妞

雖說齊昭與福妞的關係已經這麼近了，可福妞哪敢在旁人面前表現出半分？反倒離齊昭更遠了一些。

她生怕被人瞧出什麼，晚上閉眼卻好久都睡不著，時不時就想起他把自己壓在牆上親的樣子。

這個齊昭實在是太壞了！

齊昭倒沒表現出什麼異常，但他去了福妞爹娘的屋子裡，把門關上，很正式地下跪求親。

「王叔、嬸嬸，小五斗膽請求二位把福妞嫁給我，我這輩子只要她一個，定然會把她捧在手心裡寵著疼著，絕對不會辜負她！」

王有正曾想過這一日，但等到這一日真的來了，還是內心複雜。

「小五，你知道自己在說什麼嗎？我原本想著你若是王爺之子，或許還可以做到，可如今，你是皇上的兒子啊！你要娶的人，哪能不論家世背景？福妞，不適合。」

他們心自問，他的閨女王福福，不適合做齊昭的妻子。

衛氏也蹙眉說道：「若是按照我們的本意，自然願意你和福妞在一起，可她心思單純，不似京城貴女那般八面玲瓏，這些日子我們聽了許多故事，實在是不敢去想。」

他們不願意自己的女兒，成為第二個周秀雲。

齊昭十分肯定，這一世無論如何他是不會放福妞走的，他不放心福妞嫁給任何人，只要他活在這個世上一日，便必定用盡全力護著福妞。

見王有正和衛氏不答應，齊昭忽然舉起手對天發誓。「我齊昭在此立下誓言，若我此生有負王福福，必遭天打雷劈，我將生生世世受盡苦楚，永不……」

衛氏嚇了一跳，趕緊去摁住他的手。「傻子！你發什麼誓！我們又不是不信你。」

王有正只能搖頭嘆氣，他其實知道齊昭不是個會說假話的人，只是齊昭站的位置太高，他實在深感惶恐。

半晌，王有正抓住他的手，正色說道：「那我王有正今日便告訴你，若是哪一日你厭棄了福妞，只須知會一聲，我會立刻把她帶走。但她若有任何閃失，不須等老天責罰你，我首先第一個滅了你！」

這是屬於一位父親的認真與力量，齊昭點頭道：「您放心，只要我活著一日，就沒人能欺負得了她！」

既然決定把福妞嫁給齊昭，王有正和衛氏便開始為接下來的日子做打算。

其實依照齊昭的意思，他們後半輩子等著享福便是，王府裡那麼多人，肯定能把他們伺候得舒舒服服。至於婚事，要等齊昭去周旋，取得皇上的同意。

可王有正不願意，他還是想出去做做生意，這樣心裡比較踏實。

齊昭沒攔住王有正，便依他意思去做。王有正無須再租賃鋪子，齊昭名下多得是鋪子，隨意拿幾間出來用便可以了。

原本他們極其低調，外頭幾乎無人知道王府裡藏了福妞一家，可漸漸有心人便知道了，因為周凝雪一家也來了京城。

由於周老太太是齊昭的外祖母，舅舅周達觀又出力不少，他們來了，便住進了王府裡。

周凝雪親親熱熱地拉著福妞的手喊姊姊。「你們搬出去之後，我好想念妳，只可惜見不著。福妞姊姊，我看妳與表哥怎麼生分了許多？今日都未曾見你們說話呢。」

福妞輕笑。「是嗎？興許是忙，就沒顧得上。」

其實是她刻意在外人面前疏遠齊昭，不想被看出什麼。實際上，齊昭日日都要去她房裡騷擾她，趁著無人的時候抱著她坐在椅子上，一邊看書，一邊親她、揉她的臉蛋，捏捏她的小鼻子，就是不許她下去。

福妞一開始不習慣，可後來竟也就坐習慣了。

齊昭現下個子比她高了許多，倒顯得她嬌軟可人，攀著他的脖子，坐得穩穩當當。有時候福妞急了想下去，他不肯，福妞便去咬他的唇，有一次不慎咬破了，齊昭卻很高興，啞著嗓子說：「乖福福，甜不甜？」

血有什麼甜的呢？福妞心疼地去看他唇上的傷，卻又被摟著吻了好一會兒。兩人好似黏在了一起，齊昭看著她的眼神如同灌滿了蜜，甜極了。

福妞一個人時，一想到他那樣子就忍不住笑。齊昭呀齊昭，真是個壞男人！雖說福妞掩飾得極好，但齊昭待她的好，誰看不出來呢？

自從王姑娘一來，王爺就是再忙，每日還是會回來陪王姑娘一家用飯，時不時還要叮囑一句，挑王姑娘喜歡吃的做。至於王姑娘喜歡吃什麼，王爺樣樣都記得清楚。

原本大夥兒都以為王爺身邊沒有女眷，是因為對旁人態度冷淡，不會心疼人。可如今一瞧，那是因為他想心疼的人不在身邊啊。

王爺疼人的方法一套一套的，好玩的東西、好吃的食物、好看的衣裳，就如流水似地往王姑娘屋子裡抬。

府裡的下人們都私下議論著，將來哪一日王爺若是娶了妻子，頂多就只能這般寵愛了。

因為別的法子，他們竟都想不出了，只覺得王爺寵人的樣子，真是讓人眼紅。周凝雪瞧著這些，甚是嫉妒，卻無計可施。她去齊昭面前說了幾回話，齊昭總是淡淡的，可轉眼就去了福妞屋子裡。

她自知無望，但也絕不能眼睜睜看著福妞進了王府，做了主子。

周凝雪著人打探一番，知道羅二小姐在王府裡買通了個丫鬟，時不時替她探聽齊昭的情況。

羅二小姐眼高於頂，這次卻在瞧見齊昭第一眼就傾心於他。

小時候羅二小姐見過齊昭，那時只覺得順安王的幼子病懨懨的，似乎活不了多久。沒想到十幾年過去，翩翩少年殺了回來，他騎在馬上，面如冠玉、氣質清冷，瞧得羅二小姐心醉神馳。

人人都道她和齊昭是絕配，皇上都暗許了，誰知道齊昭竟拒絕了。

羅二小姐原以為齊昭現下不急著娶妻，直到丫鬟來報，說王府來了個鄉下丫頭，幾乎被齊昭寵上天。

丫鬟還說，那王姑娘生得一副好面孔，如仙女一般，性子又柔和，王府上下都喜歡她，怪不得王爺如此百般寵愛。

羅二小姐猛地站起來，罵道：「下賤！一個鄉下丫頭罷了，就算再美，頂多做個侍妾，表哥竟然如此寵愛她？」

她站起來焦躁地走了幾圈，眼神黯了黯。「我們去瑞王府。」

第四十四章　下馬威

羅二小姐盛裝打扮了一番，帶著丫鬟去了瑞王府。

因為她母親乃是齊昭的親姑姑，王府的人也不敢攔她，就讓她進去了。

得知齊昭的外祖母也在，羅二小姐先去拜訪周老太太。周老太太是商人出身，對皇室十分敬仰，因此待羅二小姐更是熱絡恭謹。

羅二小姐看不上這些人，但礙於齊昭，還是笑盈盈地拉著周老太太的手道：「您是表哥的外祖母，等於也是我的外祖母，您不會嫌棄吧？」

周老太太驚訝至極，連忙道：「妳說的是哪裡話！這是我的榮幸才是呀！」她招手說：「快去把凝雪和福福都喊來，家裡來了貴客，又都是年輕姑娘，讓她倆過來一起見見。」

福妞本來正打算出門尋她爹娘，近來聽聞他們在京城做起了生意，兩人都忙得很，福妞也不想閒著，誰知道還沒出門，就被攔下了。

來人是周老太太跟前的周嬤嬤，這人是周家的老僕人了，對福妞頗有意見，夾槍帶棒的說福妞若是不去便是對王爺的外祖母不敬之類的。

福妞想著周老太太先前對自己的好不假，加上周老太太是齊昭的親外祖母，不能丟了她的面子。

想到這兒福妞便去了，在周老太太院子遇到周凝雪，周凝雪似笑非笑地看了她一眼就進去了。

羅二小姐一直盯著門口，急著想瞧瞧那鄉下丫頭長什麼樣子，等瞧見周凝雪進來，心裡驀然一鬆，進來的姑娘看起來還小，不過十三、四歲，姿色只有幾分清秀，哪裡算得上貌美？

她心裡叱罵下人亂傳話，平白叫她擔心，可緊接著，後頭又進來一個女孩，穿著一身碧色蘇繡月華錦衫，乍見那布料，羅二小姐就心裡一涼。

這料子是蘇州有名的妝花緞，工藝極其複雜，前些日子才被人從江南送到宮中，總共就那麼幾疋，即使是後宮的妃子都不是人人都有，這丫頭竟然就這麼穿在了身上！

齊昭敢賞，她竟也敢穿！

羅二小姐捏緊帕子往上看，又是倒抽一口冷氣。

福妞乖巧地對著周老太太行了個禮，聲音軟糯地問好，周老太太原本還有些生氣福妞對自己不夠熱絡，但一瞧見那如花似玉的小臉，哪裡還氣得起來？

她素來喜歡美人兒，這會兒拉著福妞的手問了幾句話，滿面都是笑意。

這讓羅二小姐更是不滿，方才周老太太對她恭敬又客氣，但對這丫頭卻是真正的喜歡。

她看著福妞纖瘦婀娜的身段，杏眸宛如春水裡浸潤了琉璃珠子，漂亮得讓人移不開眼，那小臉巴掌大，皮膚透亮粉嫩，每一處都是細緻精巧的，宛如最好的匠人刻出來的玉人兒。

最可氣的是這王福福嗓子柔軟，宛如摻了蜜糖，若非兩人要爭一個位置，羅二小姐也會喜歡她。

說實話，羅二小姐是見過宮裡娘娘們的，可她瞧著福妞的風采，完全不輸那些濃妝豔抹的妃子。

難怪齊昭那般喜歡福妞，她心裡恨恨的，想不通一個鄉下丫頭怎麼出落得這般美！

周凝雪完全被冷落，心裡正不高興，再看到羅二小姐精采變換的面色，便懂了幾分。

她對付福妞只怕會惹得齊昭不高興，不如就讓羅二小姐來對付。

周凝雪清清嗓子，笑道：「羅二小姐不知道，我表哥對福福十分在意，妳我雖然都是王爺的表妹，但加在一起只怕都不如福福一個人要緊。」

羅二小姐淡淡一笑。「是嗎？不知道王姑娘平日喜歡什麼？可會什麼才藝？」

福妞原本就不喜歡這個羅二姑娘，如今見了也沒太大感覺，她心裡記掛著爹娘，便道：「回羅姑娘，我自小生在鄉野，沒有什麼才藝。」

羅二小姐眼中閃過一抹嘲諷。「那倒是可惜了。」

她越看王福福那張嬌美的臉，就越是不甘心。

若非王福福憑空出現，齊昭不會對她冷淡成那樣。

周凝雪站起來笑道：「祖母身子也乏了，羅小姐、福福，不如我們一道去花園裡走走，表哥讓人搬回許多綠菊，可好看了。」

這讓羅二小姐又是一陣嫉妒。那綠菊是宮裡的，她曾說過喜歡綠菊，可她娘只是訓斥她莫要不懂事，說那綠菊稀少，皇上想賞給誰便賞給誰。

誰知道，最後竟到了齊昭這裡。

福妞神色淡淡的。其實最好的那幾盆齊昭早已吩咐人搬到了她屋裡，花園裡的成色相對次一些，這會兒羅小姐和周凝雪要去看，她便想著要告辭。

「羅小姐、凝雪，福福還有事，先失陪了，實在是不好意思。」

三人才走到廊下，福妞便打算要走，周凝雪喊住她。「福妞，羅小姐好不容易才來一趟，妳就這麼不給面子嗎？她可是長公主之女，素來都是跟富貴人家的小姐來往，今日算是給足了咱們面子。」

福妞實在不想與她們兩個牽扯，便笑道：「實在是對不住，在下的確有事，要走了。」

羅二小姐心中的怒氣一下子發出來，她給了丫鬟一個眼色，丫鬟立即把福妞攔住了。

福妞不解，站在原地。「妳們這是幹什麼？」

羅二小姐往丫鬟搬來的椅子上一坐，低頭看看自己的指甲，眼尾上挑，笑了。「妳是哪來的勇氣，在本小姐面前這麼大派頭？我乃長公主之女，皇上是我的親舅舅，誰不給我三分薄面。只有妳，仗著我表哥疼愛，便在我面前如此猖狂。」

福妞哪兒見過這種場面呢？她一時之間也不知該怎麼辦，但卻想起齊昭的話。

昨晚他從宮裡回來，吃完飯後又悄悄去了她房裡，抱著她親了半晌，最後才說，後宮出了人命，靜妃被人害死了。

福妞嚇了一跳，齊昭卻撫著她滑順的黑髮安慰道：「妳放心，我與皇上不同，我喜歡的人，定然會保護好。福妞，只要妳信我，妳便會一直無虞。」

那時的福妞心中都是滿足，便偎在他懷裡，聽著他的心跳，聲音軟軟的說：「我自然信你。」

她知道，齊昭說要保護她，就一定會保護她。

福妞面色不起波瀾，那雙清亮的眸子淡淡的。「妳說我猖狂，我就是未曾猖狂，也只能認了這份猖狂。羅二小姐，妳今日來是為了什麼，我們心裡都清楚，妳若是想做什麼，只管做便是。」

她看起來絲毫不懼，像是完全沒把羅二小姐放在眼中。

羅二小姐站起來，聲音冷淡。「那我便與妳攤開了說，妳若是聽話，規規矩矩的，我會為妳找個好人家；若是妳非要纏著我表哥，妳爹娘，還有妳，怕是往後的日子不好過。」

第四十五章　我夫人姓王名福福

福妞瞧著羅二小姐那目中無人的模樣，不知為何有些生氣。

她素來不愛與人起衝突，能忍便忍了，可一想到羅二小姐是要與她搶齊昭，便不想忍了。

杏眸清冷地瞥了羅二小姐一眼。

「妳既然這麼大本事，害怕我做什麼？我手無縛雞之力，毫無家世背景，羅二小姐何必在我身上浪費時間？」

這話正戳中了羅二小姐的痛處，她原本根本不用在意王福福這等身分低微之人，可誰讓齊昭偏愛王福福？

周凝雪趕忙說：「福福！休得無禮！羅二小姐可不是妳從前認識的鄉野村姑，哪容得妳這般放肆？」

羅二小姐似乎也找到了底氣，對著丫鬟說：「給我打她！」

兩個丫鬟上前便要打，忽然不知從哪裡冒出兩個男子，一人一腳把丫鬟踢飛出去。

福妞嚇一跳，那二人眼中都是戒備，對著福妞道：「王姑娘莫怕，王爺命我們暗中保護您，莫說一個羅二小姐，便是天王老子也傷不得您。」

這讓羅二小姐更是惱怒。

「你們放肆！她衝撞了我，就是該罰，誰也攔不住！」

說著，羅二小姐親自上前朝福妞臉上搧耳光，可根本還沒碰到福妞，便被那兩個男子攔住了。羅二小姐順勢倒在地上，痛呼起來。

福妞眸子黯了下，沒料到她小小年紀就這般心機深沈。

羅二小姐是自己倒在地上的，可那兩個丫鬟卻哭著說是福妞推倒了她，幾人大喊大叫，羅二小姐還暈了過去。

此事把周老太太也驚動出來了，周凝雪跺著腳說：「福妞姊姊，妳也太任性了些，那可是長公主之女，妳就不能忍一忍？若是長公主遷怒下來，表哥也連帶受累。」

福妞還真有一點點後悔，她若是話說軟一點，說不準羅二小姐不生氣，也不會發生這樣的事情。

說來說去，別的事情她能忍，就是不能接受其他姑娘覬覦齊昭。

一點點都不行。

周凝雪小嘴說了半天，周老太太也慌了起來。

「若是長公主找來可如何是好？」

長公主是皇上的親妹妹，一向很受寵愛，若是皇上動怒，齊昭也只得受罰。

福妞沈默地站在那裡，抿了抿嘴唇。按理說她是該後悔和齊昭在一起，畢竟京城真是吃人的地方，她沒有那個心計與本事。

可她不後悔，她一想到齊昭就有一股力量往前走。

無論旁人怎麼威脅她、欺負她，她都要與齊昭在一起。

羅二小姐是真的暈了，她這些日子本就焦慮不安，原本想假裝摔一下，誰知道地上是真的滑，她的腦袋磕到了磚石，被人抬回長公主府才醒轉過來，便添油加醋說那王福福如何欺負她。

長公主自然不能忍，安慰了女兒一番，直接殺到了瑞王府。

她從前對齊昭有那麼點恩情，手裡也握著周秀雲的秘密，想著不如趁這個機會同齊昭做個交易。

長公主到了瑞王府，先是著人把福妞喊了過去。福妞見了長公主，還未行禮，長公主便冷淡地掃了她一眼，道：「跪下。」

福妞知道長公主地位不凡，只得跪下，可才跪下去，門口就傳來一陣急促的腳步聲，接著，是那道熟悉的身影出現在眼前。

齊昭向長公主行了禮，接著便上前扶住福妞。「怎麼還不起來？姑母素來大方，還會讓妳一直跪著不成？」

福妞順著齊昭的力氣站了起來，可長公主的面色卻冷了，她原本是想教訓這丫頭一番，誰知齊昭護得這麼緊。

「你表妹被她打暈在地，回去哭了許久，難不成我讓她跪一會兒都不行？昭兒，你也太不像話，為了個女人對姑母如此不敬！」

齊昭把福妞護在身後，眉眼之中沒什麼溫度。

「姑母，羅二小姐是什麼性子我自然清楚，若姑母今日是來替羅二小姐欺負我的人，那便請回吧。」

長公主當即拍了旁邊的桌子，怒道：「大膽！若是你父皇知道你這般無禮，還能容你嗎？」

屋內的丫鬟立即悄悄出去了，福妞原本也想出去，卻被齊昭握緊了手。

他直視著長公主道：「那我不妨同姑母直說了，姑母若是仗著父皇想壓我，未免想太多了。駙馬爺遠在雲南的生意姑母應當比誰都清楚，羅二小姐閒來無事到我這兒鬧倒不是什麼大事，若駙馬爺之事揭出來，只怕……」

駙馬在雲南做的是違禁火藥的生意，一直都隱瞞得很好，不知齊昭是如何知曉的，若齊昭同皇上一說，只怕駙馬一族都要遭受牽連。

長公主瞬間慌了。

「昭兒，姑母一向待你不錯……」

齊昭輕輕摩挲了福妞的手心，淡淡問：「是嗎？姑母方才還把我心愛的姑娘罰跪在這兒，且縱容羅二小姐前來王府吵吵鬧鬧，這便是姑母對我的好？」

長公主趕緊勉強笑道：「那都是誤會，姑母真的是誠心待你。你若不信，姑母便告訴你一件事。」

她聲音壓低。「當初你娘的死並非意外，而是梅妃下的手，梅妃託你姑父買了藥，那藥無味無色，但劇毒，吃下去之後身子便漸漸不好了，讓人看不出破綻。你姑父並不知道她是要對你娘下手，如今想來，梅妃實在罪無可赦。」

齊昭狠狠掐住自己的手心，上輩子他查了許久才知道是梅妃下的手，這位姑母時常與他往來卻隻字不提，如今看來，都不是什麼好人。

長公主有些討好地看著他說：「你若是能放過駙馬爺，姑母願意為你作證，梅妃當初還是梅姨娘就敢對你娘下狠手，也該嚐嚐報應了。」

齊昭靜靜看著她。梅妃和長公主乃是閨中密友，這是人人皆知的事情。

如今長公主就這樣把梅妃出賣了。

「那倒不必，姑母若是有心，不如贈梅妃一劑良藥，也讓她嚐嚐同樣的滋味。」

長公主一愣，猶豫了下，這才說道：「好，我會依照你說的做。」

福妞一直在旁邊聽著，越聽越糊塗。長公主一走，齊昭便帶她去了他的書房，可並未寫字或看書，而是拉起她的手仔細看了看。

「她們可有欺負到妳？」

雖說下人已經告訴他全部的事情了，福妞沒有真正受到什麼傷害，可齊昭還是不放心，忍不住想再確認一番。

福妞搖搖頭，但依舊有些擔心。「我忽然覺得你就該娶一位有背景的女子，這樣你也輕鬆些。」

齊昭盯著她，問：「那妳呢？」

福妞咬咬唇。「我做你妾，或外室。」

說完瞬間她就後悔了，琉璃珠子一樣的眼睛可憐兮兮地看著齊昭。

齊昭竟然說了句。「好，這可是妳說的。」

福妞心裡一沈，有些委屈。

齊昭卻一本正經地說了起來。「即使妳不說，我也想過了，等我娶她回來，妳可不能讓她受什麼委屈啊。」

福妞瞬間心裡更加難受，一言不發。

齊昭刮刮她鼻子，道：「我夫人姓王名福福，妳要記住了，一定要對她好一點，知道嗎？」

第四十六章　養在外頭的女兒

福妞聽到齊昭的話才知道他是在逗自己玩，可「夫人」二字讓她有些彆扭，乾脆別過頭不理他了。

齊昭怕羅二小姐的事情讓福妞心情受影響，第二日便放下手裡的事情，帶她出門去看花。

時值深秋，京城有一片園子種滿菊花，但尋常人進不去，這是為皇室建的花園，偶爾皇上心情好會來賞菊。

此時裡頭只有照顧花的匠人，齊昭帶著福妞走進去，便聞到陣陣菊花清香，微微帶著苦。五顏六色的菊花開得正盛，福妞是第一次見到這麼多菊花，流連忘返，玩得很盡興。

從菊花園離開，齊昭又帶福妞一道去街上閒逛。

福妞來京城後還沒有好好逛過，一則齊昭認為外頭不安全，二則她也怕給齊昭引來麻煩，便不太出門。現下跟著齊昭出來逛，倒是覺得有趣得很。

京城與其他地方不同，最好的東西都擺在這裡賣，許多商品都是福妞未曾見過的。

兩人逛了逛，又買了些吃的玩的，齊昭這才帶福妞回去。

才回到王府，便有人來報，說是禮部侍郎王大人求見，已經在偏廳等了半個時辰了。

齊昭便拉著福妞的手過去，福妞道：「你見外客，帶著我做什麼？」

誰知道他並未鬆手。

「妳去見了便知道了。」

齊昭到了偏廳，王大人瞧了眼福妞，也顧不得其他了，立即跪倒在地。「王爺！求您救救老臣啊！」

這禮部侍郎王大人是個忠臣，廉潔正直，只可惜看走了眼，先前擁護齊圳，見齊昭回來還數次挖苦。齊昭也未提及其他，只暗中把齊圳手中關於王大人的把柄都送到了王大人那裡。

那些誣陷王大人意圖反叛的證據幾乎都是致命的，王大人收到之後如坐針氈，想到哪一日全家就要被皇上砍頭了，趕緊連滾帶爬來找齊昭。

齊昭冷冷淡淡地看著他，福妞就站在齊昭身邊。她有些惶恐，不知為何齊昭要讓自己留在這裡。

半晌，王大人忽然說道：「王爺，老臣聽說，您想娶這位王姑娘，老臣也姓王，對王姑娘一見如故，若是王爺肯給個面子，請容老臣認王姑娘為義女。」

他是個極為聰明之人，前些日子就聽說齊昭如今一切順遂，只有親事上不大順利，似乎是想娶的姑娘皇上並不支持。

皇上不支持親事，說來說去就那幾個原因，要麼門第不夠，要麼自身條件太差。今日王大人一瞧，這姑娘哪裡都好，只怕就是門第不夠了。

若他認了王姑娘為義女，這門第不就一下子抬上去了？

王大人見齊昭面色淡淡的，忽然又變了說法。「不不不，王爺，這王姑娘乃下官養在外頭的女兒，如今接回來了，就是下官府裡最矜貴的嫡小姐。」

齊昭淡淡說道：「福福，妳覺得如何？」

福妞有些愣住，半晌也懂了，齊昭有齊昭的難處，他若全然不顧父親的感受和外頭的流言，硬是娶了自己，那勢必會增加許多麻煩。

若是自己門第高一些，定會好上許多。

她想了想，說：「我要問問我爹娘。」

王有正這幾日正愁這事，他覺得自己沒有身分地位，實在是給齊昭平添許多麻煩，但事實就擺在那兒，還能如何呢？

若有什麼法子不叫外人說三道四便好了，否則齊昭要承受多大的壓力呀！

這會兒得知有一位王大人願意認福妞為女兒，他倒沒有什麼不高興，只覺得最棘手的事解決了，感覺輕鬆多了。

齊昭見王有正夫婦沒有反對，也是感激得很。

「這幾日我會找機會進宮與父皇提成親之事，等父皇允准，便會開始安排。」

十月初，齊昭進宮。皇上這幾日身子越發不好，只在榻上坐了一會兒，便咳嗽起來，只能躺下說話。

他身子不好，便想著提前把後事安排了。

小五的確能力不錯，殺伐果決，只有一事讓他很不滿意。

瑞王府養著的那個姑娘據說貌美無雙，家世卻低微得很，只是個鄉下獵戶之女，怎堪稱得上太子妃？

他打算年底封齊昭為太子，乘機把太子妃也定了，但照齊昭目前的想法，只怕是很喜歡那姑娘。

皇上抬眸看了他一眼。「朕為你看好了要娶的姑娘，郎將軍之女郎素月……」

齊昭一頓，聲音堅定。「父皇，兒臣有心儀之人，除她之外誰也不娶。」

皇上冷笑一聲。「是嗎？可朕還沒死呢，你娶誰，不是你自己能決定的。如果朕哪一日死了，你再這樣還不遲。」

齊昭沒有說話，皇上慢悠悠地說：「好比朕的皇后，當初也不是朕想娶的，是先皇定的。朕喜歡的是你娘和梅妃，但那又如何？如今你娘不在便罷了，梅妃還活著，朕想如何寵她都無人能過問。」

正說著，外頭的貼身太監忽然急匆匆進來，跪在地上驚惶道：「皇上！梅妃娘娘……歿了！」

皇上一愣，差點從榻上滾下去，氣急攻心，怒道：「怎麼會歿了！」

「回皇上，梅妃娘娘十日前便開始精神不濟，一日比一日萎靡，今日早上昏了過去，半個時辰前醒轉過來，原本以為好了，可忽地吐了一口血，人便沒了。」

皇上身子發抖，齊昭在旁邊平靜地問：「我娘當初，也是這般沒的吧？」

他這話激得皇上眼珠亂顫，指著他問道：「你、你、是你！你殺了梅妃？」

齊昭淺笑道：「父皇，兒臣哪會有那麼大的膽子，兒臣只是說，她怎麼與兒臣的娘親是一樣的死法呢。」

皇上一時之間把所有對齊昭的信任都拋卻了，他指著地上的太監喊道：「把他給我抓起來！」

可地上的太監跪在那裡，臉貼地，一動也不動，很明顯早已成了齊昭的人。

皇上大口喘氣，不敢置信地看著齊昭。「你到底想幹什麼？朕原本就是要立你為太子的！你想幹什麼？」

第四十七章　婚期訂了

皇上聽了齊昭的話，大怒，卻因為身子不好根本無法做些什麼。

何況，他的貼身太監都成了齊昭的人。

皇上冷著臉道：「你離京幾年，縱使有滔天的本事，又能如何？軍權在朕手上，你也並非太子，朕說廢了你便廢了你。你二哥是不如你，三哥、四哥也昏庸無能，但總比你這種狂妄悖逆的不肖子要強上百倍！來人，把他拖出去！」

可貼身太監不喊人，誰敢進來呢？

大殿之內靜默一片，齊昭聲音冷淡。「兵符您自然不會交予我，但您其他三個兒子又可信嗎？」

皇上氣喘吁吁。「他們自然是不如你，可也不會毒害自己的親爹，不會毒害朕心愛的女人。」

齊昭呵呵一笑。「是嗎？他們只會毒害自己的手足，毒害我的親娘。梅妃無辜嗎？我娘死的時候怎麼不見您這般維護？我被送出府差點死在荒郊野外時，怎麼也沒見您這般憂心憤怒？」

這些年會不怨不恨嗎？

若是當初他爹肯放他娘離開，也不至於如此，可他爹硬要留下他娘，間接害死了他娘，繼而任由旁人傷害他。

皇上手都在抖。

「朕那是被逼無奈，朕是真心喜歡你和你娘的。可這世上總有人要犧牲，沒有本事的人，只能犧牲。」

齊昭輕呵一聲。「您說得對，兒臣也認為，沒有本事的人應該犧牲。如今索洛河對岸大軍駐紮，杭州映月教一觸即發，父皇若是生氣，只管斬了兒臣，這天下兒臣並不想要。」

皇上無力地躺回床上，好半天，才明白自己一開始就錯了。

他招惹了一個最像他的兒子。

一如先皇當初奪了他的皇位，他記恨在心，步步為營，經過那麼多年，終於還是搶了回來。

若是他不聽齊昭的，後果只會更糟，這好不容易得來的天下，不僅無法穩定下來，反而可能會被推翻。

如今能繼承大統的，唯有齊昭，只有齊昭。

皇上冷靜了半晌，最終拋卻心中對梅妃的憐惜，道：「我不會把今日之事記在心上，明日我便會下詔書封你為太子，但太子妃一事……」

齊昭打斷他的話。「太子妃我自會安排，父皇無須憂心，您辛苦得來的天下，我自有把握幫您守住。」

他語氣鎮定自若，絲毫沒有可以商量的餘地。

皇上疲憊至極，最終，無力地擺手道：「出去吧。」

隔日，瑞王齊昭被立為太子。十月底，禮部侍郎王大人一直養在永州老家的「女兒」王福福被皇上指給了瑞王，婚期訂在隔年的二月初一。

一切似乎都很順利，福妞宛如作夢一般，她和爹娘如今還是住在王府裡，外頭的人自然對她十分好奇，流言紛紛，有人說她命好，也有人說她自小就勾引齊昭，打得一手好算盤。

那瞎傳謠言之人沒幾日就暴斃死了，自此再也沒人敢亂說什麼了。

可總有人心裡不舒坦，羅二小姐原本還想再鬧，她母親長公主卻因為梅妃之事惹怒了皇上，駙馬被拿掉官職，家產被抄，羅二小姐更是被人嘲笑。

她心中不服，卻被長公主狠狠訓斥一頓。

若非她不知天高地厚去招惹王福福，今日也不會弄成這樣。

羅二小姐從小驕縱，被叱罵自然不服氣，可還沒來得及動手，她爹就已經發覺了，直接把她鎖在府裡，再也不許出門。

見羅二小姐挑撥不動，周凝雪急了。

她如何能眼睜睜的看著福妞嫁給齊昭成為太子妃？

表哥是什麼樣的人周凝雪心裡清楚，這世上只怕再也沒有一個比表哥更好的男人了。

何況她的親哥哥因為福妞要嫁給齊昭而鬱鬱寡歡，日日飲酒，活得不成樣子。

此次周家人從永州來到京城，劉氏因為和齊昭有過齟齬便沒有跟來，她聽說了此事，便寫信提醒周凝雪絕對不能坐視不管。

女人不狠，地位不穩，劉氏的意思是要麼把福妞弄死，要麼周凝雪就跟福妞一起嫁給齊昭，就算是做側妃，也比嫁給別人強。

等齊昭繼位之後，後宮死了個皇后還少嗎？到時候福妞一死，周凝雪不就有機會做皇后了？

再說，就算皇后不死，周凝雪做個皇貴妃也是人生贏家了。

周凝雪收到她娘的信之後，便跑去祖母跟前哭。

「祖母，表哥遲早還會再娶旁人的，娶旁人不如娶我，我是他親表妹，當初還是他救回來的，若是我成了表哥的側妃，將來表哥繼承大統，我難道不能給周家光宗耀祖嗎？」

周老太太心中也是一動，齊昭還年輕，嘴上說只娶福妞，但男人哪有不三妻四妾的？齊昭遲早會改變想法。

但她也不想得罪齊昭，只說：「妳表哥如今只想娶福妞一個，妳說怎麼辦？」

周凝雪擦擦眼淚。「祖母，與其等著表哥將來再娶旁人，不如想個法子讓他娶我不就好了？」

後宅中爭寵的法子數不勝數，男人再厲害，遇到了女人，那也只有認栽的分。周老太太想了想，在外孫和孫女之間終究猶豫了。

「罷了，我不管此事，妳要如何做都與我無關。」

周凝雪這才放心了。她知道，祖母這話雖然沒有要幫她的意思，但至少出了事情，祖母不會不救她。

十一月底，天氣很冷了，京城開始下雪，雪又大又厚，齊昭著人把最好的銀絲炭都放到了福妞屋裡，弄得福妞屋裡暖和得很，她就窩著不出門，日日除了看書、畫畫，就是練練字。

小丫鬟們時不時送些食物和鮮花，衛氏也不再出去了，就躲在家裡，偶爾來陪福妞說說話。

王有正在京城的生意做得風生水起，每日越發忙碌。

這一日，衛氏不知怎的吹了風、得了傷寒，福妞便守在她屋裡伺候，一問之下才知道是小丫鬟沒有關好窗子，心裡雖有些疑惑，卻沒有多想。

她因為擔心她娘，便留下照顧，很晚還沒回屋。

齊昭冒著風雪從工部回來，因與宋大人多喝了幾杯，胸腔之中似如火燒，他想到與福妞婚期越來越近，心頭便越發熱切起來。

風雪很大，打在人臉上生疼，可他還是走得極快。一日未見，他只想趕緊看到福妞，抱抱她，問問她今兒都做了些什麼。

福妞屋子門口一個人也沒有，不知道丫鬟都去哪裡偷懶了。

齊昭推開門，聞到一絲香氣，裡面依舊是一個人都沒有。

他覺得奇怪，再往裡走，就瞧見一個女子背對自己坐著，長髮如黑瀑般落在肩頭，她只穿了肚兜與薄紗外裳，隱隱約約瞧得見肌膚，那肩頭上的紅紗似乎隨時要落下一般，實在勾人。

齊昭喉嚨滾動兩下，喚道：「福妞？」
她怎麼會穿成這樣呢？

第四十八章　大婚

齊昭心潮澎湃，正要過去，卻感覺似乎哪裡不對。

他近來與福妞十分親暱，不知抱了多少次，對福妞身上的香氣再熟悉不過，可此時坐在椅子上的女人，香味和福妞是不同的。

他猛地踹開門，對著外頭喊：「來人！」

可沒有人來。齊昭冷聲道：「人都到哪裡去了？」

這下子，被周凝雪藉故支開的丫鬟、小廝才趕緊進來了。

齊昭走到門口，被風雪一吹，酒醒了大半，他一腳踹倒剛進門的一個小廝，叱道：「不在這兒守著，你們是幹什麼吃的！」

下人們都慌了，唯唯諾諾不敢答話。

齊昭站在門口，用眼神示意。「去裡頭瞧瞧。」

丫鬟菊香進屋一看，驚了。「表、表小姐，您怎麼在這兒？」

周凝雪已經披上了一件外衣，她又氣又惱，原想著今日表哥喝了不少，等他回來，必定會來福妞住處，到時，哪個男人見了穿著暴露、軟玉溫香的女人能把持得住呢？

誰知道齊昭根本沒走進來，早早就發覺不對勁。

周凝雪匆匆把衣帶繫上，走到齊昭跟前，微微低頭。「表哥，您怎麼來了，福妞姊姊去照顧她娘了，我原本……」

她本想解釋一番，可齊昭抬手就是一巴掌打下去。

他慶幸自己沒有犯糊塗，沒有誤認她是福妞，沒有走上前，否則什麼都說不清楚了，他只怕必須要對周凝雪負責。

「妳打得是什麼主意，當我不知道？」齊昭聲音極為冰冷。

周凝雪只覺得耳朵嗡嗡作響，臉上火辣辣地疼，她縮在袖子裡的手死命地攥緊。

無論如何，她是個姑娘家，且又不是想害他，只是喜歡他而已，哪裡有錯！

至於讓他動手打她嗎？

周凝雪眼淚大顆大顆地掉。「表哥，你竟然為了她這樣對我！」

齊昭看都不看她。「走吧，去外祖母那兒妳再哭。」

他轉身讓人把周凝雪拉到周老太太住的屋子，周老太太本打算睡覺了，強撐著出來，問道：「怎麼了？」

「外祖母，周凝雪小小年紀如此不知廉恥，躲在福福屋裡試圖敗壞我名聲，您今日不給個說法嗎？」

周老太太一驚。「當真？」

周凝雪矢口否認，雙眼通紅。「我沒有！是表哥誣陷我！」

齊昭就站在那兒，眼裡沒有任何溫度。「我向來不會誣陷任何人，不喜歡的人，也永遠不會喜歡。周凝雪，我當初沒有攔著福福救妳，或許就是個錯誤。」

聽著齊昭的話，周老太太心裡一沈。

她原先以為齊昭是周家的外孫，無論如何都會向著周家，甚至看在周家的面子上，不會拒絕周凝雪，可事實是，齊昭並不在意周家。

他給了他舅舅周達觀一個無關緊要的官職，就那麼掛著，周家如何能出頭呢？

周老太太看著哭哭啼啼的周凝雪，忽然喝道：「住嘴！不許再哭！妳還嫌不夠丟人嗎？人家不拿妳當親戚，妳還貼上去？妳以為妳是誰！」

她說完這話，冷淡地對齊昭道：「如今你是王爺，我們都是平頭百姓，自然不能比，也攀附不上，明兒我們便走，從此之後再不會打擾你。」

齊昭也沒挽留，只說：「外祖母言重了。」

周老太太終究是有些生氣，道：「外祖母？虧你還知道我是你外祖母！」

齊昭平靜地看著她。「當年我娘被人迫害，身邊無人能助，便悄悄寄信到永州，冀望在最後時刻能有家人幫她一把，可惜，你們無人過問。」

「什麼？」周老太太握緊枴杖，不敢置信。

當初他們曾經找過齊昭娘親，只是沒有找到，時間一久也就放棄了。

齊昭也是最近才查到的，當時他娘寄過去的信被劉氏攔截了，劉氏怕惹麻煩便將信毀了，並未告訴周老太太。

事實上，周老太太也沒有那麼擔心自己女兒，否則怎會讓信到了劉氏手上呢？

他娘死了，除了殺人凶手，他能怪得了誰？但要他繼續與周家親密無間，他也做不到。

周老太太知道之後，頹然坐在椅子上，半晌才哭道：「是我害了她！是我害了她！」

周家終究沒有在王府繼續待下去，周凝雪也被帶走了，她被齊昭勒令永遠不許再到京城來，否則他會停止對周家的所有幫助。

周家哪會讓個丫頭片子影響自家？回到永州便把周凝雪的親事胡亂定下了。

這些事福妞竟然都不知道，她只知道齊昭命人把她娘房中的丫鬟換掉了幾個，只說是幹活沒眼色。

不知不覺就到了過年，在王府裡過年和從前在老家過年大不相同，各地送來的年貨讓人眼花繚亂，王府裡的管家日日都送帳本來請福妞看。

管家留著八字鬍，笑呵呵地道：「王姑娘，還請見諒，王爺近些日子忙著處理朝政，但各地送來的年貨眾多，只能麻煩您幫忙看這些帳本了。」

福妞其實也無事可做，可他們尚未成親，這帳本不該由她來看，何況管家也是很有本事的，哪需要她再多看一遍？

晚上，齊昭回到王府後到福妞房中看她，福妞給他倒了一杯熱茶，問道：「這些帳本非要我再看一遍嗎？」

齊昭喝了一口熱茶。他忙碌一天，腦袋有些發暈，但此時坐在這裡瞧著福妞，心裡就舒服了許多。

「也不是非要妳看，我只是想讓妳知道家裡有些什麼東西，妳若是想吃想玩，可以隨時拿出來。」

過了年，兩人就都是十六歲了。福妞看著坐在椅子上的齊昭，覺得他眉眼中那股沈穩的氣度越發深厚，想到齊昭經歷過的事情，福妞心中憐惜，便走過去為他捏肩。

「你今日很累吧？我給你捏捏。」

她手上力道很輕，卻捏得齊昭十分舒服。

齊昭一邊享受，一邊將福妞白天畫的畫拿過來看，這些日子他偶爾得空就教福妞畫畫，她畫得越來越有模有樣。

紙上畫的是一片麥田，他看了會兒，問：「妳懷念老家了？」

福妞低頭笑笑。「人總是這樣，從前在老家時總幻想穿金戴銀，吃好的、住好的；可如今真的過上這樣的日子了，卻又覺得從前瀟灑自在。其實呢，各有各的好處。」

齊昭握住她的手，皮膚細嫩，像條小魚似的。

他微微皺眉。「妳是不喜歡在我身邊嗎？或者是，不想嫁給我？」

福妞有些臉紅，別過頭去。「我可沒說。」

「可我覺得妳的意思就是不想嫁給我。」齊昭臉色不太愉快了。

福妞偷偷看一眼，說道：「哎呀，我真的沒有。」

齊昭一把將她拉過去，讓她坐在了他腿上，他輕輕摩挲她小巧的下巴，道：「是嗎？那妳就是想嫁給我？」

福妞哪好意思說這話，半晌，只低著頭說：「你在哪裡，我便在哪裡。」

說完，她靠在齊昭懷裡。「我雖然沒有什麼大本事，不會唱歌，不會跳舞，家世普普通通，給不了你任何幫助，可是我會永遠陪著你，熱湯熱飯地等著你。齊昭，只要你不嫌棄我，我就一直跟著你。」

她是第一次這樣喊他的名字「齊昭」，那聲音清脆悅耳，宛如天籟。齊昭心中起了漣漪，抬起她下巴，眸子裡是毫不掩飾的喜愛與滿足。「傻瓜。」

他一下一下地吻著她的唇，燭光搖曳中，齊昭差一點就想占有她，但忍了又忍，待了約莫一盞茶時間，還是起身回了自己屋子。

第二日齊昭便命人在王府裡開墾了一塊地，讓福妞種植小麥，等小麥長出來之後，王府裡會有一塊麥田，看起來也有些老家的味道。

他下完命令便去朝廷辦事了，福妞起床之後知道了，心裡甜滋滋的；王有正和衛氏原本正要出門，被福妞喊來看這塊地，也跟著高興起來。

鄉下人種地習慣了，到了哪裡都想種地，之前在潭州是無地可種，到了京城更是從未想過，誰知道齊昭竟會在王府裡闢出一塊地呢？

可見他對福妞的用心，幾乎是無人能及。

福妞在那塊地種了小麥、白菜，還有其他幾種常吃的作物，每日細心澆灌，一轉眼這個年過去了，福妞的菜也長大不少。

她娘帶著她開始做出嫁時要穿的中衣，因為嫁衣是宮裡專人做的，衛氏只能在小處打些主意。

畢竟是閨女成親，她怎麼可能什麼都不做呢？

一月底，福妞一家子搬到禮部侍郎王大人家，準備從王大人家出嫁。

認福妞為女兒不知為王大人帶來多少好處，王大人自然是周到萬分，家裡也重新裝飾了一遍，上下都熱熱鬧鬧的。

雖說在王大人家有齊昭的人保護，可畢竟三日見不到面，福妞在王家十分不安，偏偏她表面還得做出雲淡風輕的樣子。

太子大婚，舉國同慶。福妞雲裡霧裡的，被人安排著一步步走流程，還好新娘子算是比較輕鬆的，她蓋著紅蓋頭等了小半個時辰，齊昭便來了，她上了花轎，心中狂跳、腦子發暈，只聽到外頭一群人的笑聲和敲鑼打鼓的聲音。

外頭多忙她不知道，只知道新房很安靜，從前伺候她的丫鬟在屋裡候著，福妞就坐在床邊一動不動，低頭看著自己的腳尖。

她不知道齊昭什麼時候會來，有期待也有害怕，兩隻手緊張的絞在一起。

丫鬟湊過來說：「太子妃，您從晨起便未進食，不如奴婢伺候您先吃點粥。」

福妞滿心都是齊昭等會兒來了會如何，哪裡吃得下，但她的確有些餓了，也沒什麼力氣，只得點頭道：「好。」

可話音才落，外頭的腳步聲傳來，竟是齊昭來了。

他喝了些酒，身上帶著淡淡的酒氣，一進門就瞧見了他的新娘坐在床邊，穿一身大紅嫁衣，頭上蓋著喜帕。

齊昭走過去，丫鬟立即笑道：「太子殿下，您請揭喜帕。」

聞言，齊昭拿起秤桿，挑起了蓋頭。

蓋頭下是一張明豔動人的臉龐，美得恍若仙女，他從未見過福妞化這樣的妝容，有那麼一剎那，竟有些認不出。

福妞雙眼如秋水盈盈，齊昭看得目不轉睛，他喉嚨滾動一下，坐在她旁邊，吩咐下人。「都出去吧。」

可丫鬟們提醒。「太子殿下，您還要跟太子妃一起吃餃子呢。」

慣常的幾道流程，吃餃子、共飲合巹酒、結髮，福妞臉蛋浮現一抹紅雲，她覺得此時的自己定然窘迫難看極了，可落在齊昭眼中卻覺得這一刻的福妞美得讓他沈淪。

好不容易走完流程，房中只剩兩人，齊昭端起旁邊的粥，道：「我餵妳吃一點。」

福妞坐在那兒，微微頷首。「嗯。」

齊昭就那麼靜靜地餵她吃了小半碗粥，問：「吃飽了嗎？」

福妞食量不大，點頭道：「吃飽了。」

他放下碗。「可是我餓了。」

福妞看向托盤，那上面還有幾樣小菜以及她吃剩的粥，不禁疑惑道：「不夠嗎？要不要再讓人再送些食物進來？」

可齊昭卻伸手碰了碰她的臉頰。「那如何夠吃？」

他低頭，輕輕含住她的唇，低語。「福福，我等這一天，等太久了。」

福妞身子一軟，被他推倒在床上，大紅色的喜帳落下來，他的吻急促又熱烈，福妞又慌又怕，彆扭得很。

臨行之前她娘叮囑過，新婚第一晚不好熬，若是疼就喊出來，姑爺是個貼心的人，想必不會強人所難。

福妞的確是疼，小鹿般的大眼睛盈滿了淚水，死死抓著鴛鴦被，喊道：「齊昭我疼！」

齊昭吻著她的眼角，頓了下，還是咬牙說道：「乖福福，很快就好了。」

撕裂般的疼痛襲來，福妞痛呼一聲，卻被他堵住了唇。

不過的確就是疼了那麼一下，接下來就順利了許多。

這對年輕男女，深深愛慕著對方，且齊昭又忍了那麼久，初次嚐到這般妙不可言的滋味，一整晚翻來覆去了好幾回。

福妞到最後嗚嗚地哭，掄起小拳頭捶他。「齊昭！我就不該嫁給你！」

回應她的是齊昭溫柔繾綣的吻，密密麻麻的。「現在後悔也晚了，娘子，我的好娘子。」

第四十九章　有喜了

新婚燕爾，齊昭連著三日沒有出府，日日陪著福妞，兩人情意綿綿，但福妞當真腰都要斷了，齊昭食髓知味，哪肯饒了她呢？

夜夜聽著她在身下壓抑不住的低吟，他渾身的火都在燒，沒一處能冷靜。

福妞洗澡的時候瞧見自己手臂上、腿上、腰上，處處都是他的吻痕，青紫一片，看著嚇人。

她閉上眼，說不清是累還是幸福，就覺得自己和齊昭終於成了一家人。

真正的一家人，可從此以後，她與爹娘也是真的分開了。

王有正和衛氏不想住在太子府，堅持要搬出去。一是住在太子府感覺像是依附著齊昭一般，這讓王有正不舒服；二是他們年紀不算大，還想在京城闖蕩一番，活著也更有意思。

齊昭不能勉強他們，便幫他們找了一處四進的院子，又派人暗中保護著，這讓福妞安心不少。

但終究不能日日與爹娘相見了，她想到就有些失落。

三日回門，齊昭帶著福妞去了王有正和衛氏現在的住處。

院子收拾得非常乾淨，家裡也有兩個伺候的丫鬟。衛氏瞧見福妞便紅了眼睛，只是想到福妞嫁的是齊昭，心裡就放心了些。

從娘家離開，齊昭又帶著福妞去宮中，按照規制他們必須覲見皇上、皇后，只是皇上身子不好，只遠遠看了一眼，說了兩句話，便放他們走了。

皇后忐忑不安地在宮中等了許久，想著自己畢竟是皇后，齊昭就是再厲害，還能不來見？

可齊昭竟然真的沒有去。

皇后氣得摔爛了兩個碗，卻又被人告知，齊南暗中下手謀害齊昭，被齊昭抓了個正著，正在讓刑部調查。

若是此事被查出來，齊南還有活路嗎？

皇后頹然無語，自知這天下早已是齊昭的天下，回想當初自己如何苛待齊昭母子，她開始害怕起來。

齊昭倒是沒有下手，可皇后日日驚懼，外加從前小產虧了身子，沒幾日就病倒了。

她坑害過的妃子和皇嗣不計其數，如今身子不好，立刻便有後宮妃子下手報仇，沒多久，皇后大病不治，撒手人寰。

此事一出，皇上直接質問齊昭，厲聲懷疑是不是他下的手。

對此，齊昭倒是直言不諱。「此事雖然不是我做的，但我遲早會動手，她現在死了倒是逃過我的手段。」

皇上睜大眼睛看著齊昭，知道自己已無路可退。如今齊南雙腿已廢，老三被齊昭派人從青樓捉出來，老四膽小無腦，自己辛苦謀劃得來的天下只能指望齊昭繼承了。

皇上憂思過慮，服下過多大補之藥，還沒撐到五月，某一夜就那麼去了，駕崩之時雙眼都還不甘心地睜大著。

他還沒有當夠皇上，好不容易才坐上那個位置，他的龍椅都還沒坐熱！

皇上駕崩，齊昭順其自然地繼位了。這一切都讓福妞覺得茫然，她糊裡糊塗地成了太子妃，這才沒多久，又糊裡糊塗地成了皇后。

穿上皇后的鳳袍，那繁瑣的花紋、精緻的繡工以及沈重的鳳冠都讓福妞無所適從，她只能咬牙做出淡定的樣子，牢記禮部之前教她的流程，一步步走到了坤寧宮。

由於初登基，齊昭的事情非常多，他才幹卓越，處理朝政得心應手，這讓滿朝文武都嘆為觀止，甚至有人慶幸由齊昭繼位，不然換作其他幾個兄弟，有誰能做到如他這般呢？

而後宮雖大，卻只有福妞一個人，齊昭不打算再納旁人，她就顯得有些無聊，這裡逛逛，那裡逛逛。因為人少，也就沒有鬥爭，後宮事宜都有專人在做，齊昭宛如為她造了個仙境般的地方。

他每日同她一起用餐，一起睡覺，日子平靜祥和。

齊昭怕福妞無聊，在御花園也闢了一片地，她便真的在御花園裡種了小麥。

雖說後宮沒有其他妃子，但先皇還是有留下一些女人，這些太妃閒著沒事便議論起當今皇后。

有人嫉妒她生得貌美獨得皇上寵愛；也有人說她是狐狸精，把皇上迷得這般糊塗；更有人諷刺說鄉下丫頭就是鄉下丫頭，竟然在宮裡種小麥，說出去真是笑掉人大牙。

這些碎嘴的事情傳出去了，便有部分大臣忿忿不平。

他們的女兒相貌、品德樣樣出色，日日巴望著皇上想開了、願意選妃了，能把女兒送進宮去，要是得寵或生了龍種，那便是光宗耀祖呀！

可有王福福這個女人攔著，誰能進得去宮裡呢？

有膽子大的臣子便進言。「皇上，臣以為，後宮與前朝息息相關，若皇上能利用選妃平衡前朝勢力，必定能讓朝廷上下更加穩定。」

言下之意就是要他選妃，以此控制部分大臣。

齊昭冷淡一笑。「愛卿多慮了，朕治理天下，不需要女人。」女人，是來寵的，何必讓她捲入紛爭？

上輩子他後宮無人，也沒什麼不好的影響。

大臣見齊昭拒絕，咬牙說道：「皇上！當今皇后無才無德，卻獨占後宮，實在叫天下人不服！皇上，天下女子才德雙全者千千萬萬，為何只有她獨得寵愛？微臣替天下女子叫屈！」

齊昭直直地看著他，倒也沒生氣。

他扔下一本摺子。「你有這叫屈的時間，不如幫朕想想如何讓百姓都能吃飽。皇后無才無德？是，她出身平凡，可她救了朕，若是沒有她，便沒有朕。還是你在不滿朕的能力？來，龍椅在這兒，你上來坐。」

大臣嚇得屁滾尿流，立即跪下。「皇上，微臣不是這個意思。」

齊昭略帶嘲諷地瞧著他。「我看你就是吃飽太閒了，根本不知道如今有多少人吃不飽。現在正是該為天下做事之時，來嚼什麼舌根子？朕給你三個月時間，你若是想不出讓百姓們都吃飽的法子，便自請歸鄉吧！」

百姓糧食不足，是歷代皇上都無法解決的難題，如今地少人多，產量也低，苛捐雜稅又剝奪了農戶的心血，哪一年不餓死人就很好了，想吃飽簡直就是作夢。

那嚼舌根的大臣就是用三年也想不出什麼法子，只能灰頭土臉地自請辭官回老家去了，等他到了鄉下，才發現這世上並非都像京城那般繁華，多得是吃不起飯的人。他這才明白齊昭的怒意，不由得有些愧疚。

齊昭雖然很有才幹，但也只能想辦法讓百姓們少交點稅，可關於糧食產量這方面，他想破頭也沒有特別好的法子。

為了研究作物種植，齊昭沒日沒夜地看書，查閱古籍，研究種植方法、天氣、地理位置等等。

福妞好幾次半夜醒來都瞧見他還在看書，她擔心他身子吃不消，但也理解他的苦心。

齊昭登基第二年，後宮仍舊只有福妞一人，但卻沒有懷上孩子。

衛氏進宮時也忍不住低聲問：「你們怎麼都還沒有動靜？可是身子不好？還是皇上太忙了？」

福妞有些羞於啟齒，齊昭就是再忙，隔幾天也要與她歡好一次，而後宮中幾百個人伺候她一個，她的身子哪裡會不好呢？

但孩子沒有來就是沒有來。

「張太醫說我很健康，沒有什麼問題，孩子這事本身就看緣分，娘別太擔心了，我想，應該遲早會有的。」

其實衛氏並不擔心齊昭會因為沒有孩子虧待福妞，可如今福妞是皇后，這關係到皇家子嗣的問題，若福妞遲遲沒有懷上，只怕齊昭定要選其他妃子進宮的。

可福妞一直到第二年五月依舊沒有動靜，齊昭都登基一年了，大臣們開始各出意見，還有長跪在殿外求皇上納妃為皇嗣考量的。

齊昭一概不理會，但這些事情還是傳到了福妞的耳朵裡。

她有些委屈，也有些難過。

可是自己就是懷不上，又能怎麼辦呢？

福妞心情低落，晚上忍不住跟齊昭說：「我知道你疼我，但你是皇上，與尋常男人不同，不如，你就納個妃子，為子嗣考慮……」

齊昭正在撫摸她的頭髮，聽到這話頓了下。「妳覺得孩子和妳比起來，誰比較重要？」

上輩子他一生未娶，也沒有任何子嗣，不也過來了？

而這輩子他有福妞就足夠了，有沒有孩子都無所謂。

福妞沒說話，她心中帶著愧疚和不安，齊昭卻抱著她安慰道：「妳知道的，我與他們不同，他們在意的是名聲和權勢，可我在意的是妳。這天下並非是我最想要的，若是妳不在了，或是妳不開心，我要這天下做什麼呢？」

該報的仇都已經報了，齊南被監禁，日日吃爛菜、喝臭湯，算是把齊昭從前過的日子都加倍體驗了一番。

而齊家的老三、老四都是不爭氣的東西，一個被派去西南，一個被派去北疆，兩人都永遠不會再回來。

從前的仇恨都已平息，齊昭並不是非要做皇上不可。

福妞靠在他懷裡。「我有時候還是覺得像作夢一樣，你怎麼會這麼好、這麼好呢？」

齊昭捏捏她臉蛋。「我何嘗不是，有一個這麼好、這麼好的妳。」

兩人聊著聊著，齊昭就捧著她臉親了下去，一直折騰到三更方才歇息。

五月中旬，福妞種在御花園的小麥成熟了，金黃的小麥瞧著就讓人心情大好。她帶著一眾丫鬟、小廝一起去割小麥，這宮中的人大多是離鄉背井好些年的，一聽到要割小麥，都興奮地摩拳擦掌、躍躍欲試。

福妞親自參與，她換了簡單輕便的衣裳，和大夥兒一道割小麥。

太妃們都看不上福妞這種行徑，私下取笑當今皇上真是眼光不好，娶個不入流的農門女子，竟然在御花園割小麥。

福妞沒搭理她們，她讓人把小麥割好、曬乾，打出麥粒。

太監小郭子精明得很，他只看幾眼就立即誇讚。「娘娘，您種的小麥可真好呀！奴才小時候在家種過小麥，可從未見過一畝地長出這麼多的。」

小李子便道：「那是咱們娘娘福運加身，加上這御花園是什麼地？那是你老家的地能比的嗎？」

福妞讓人把麥粒打好，再秤出來，心裡也是一驚。

這一畝地的產量足足達七百斤！

這小麥是她從王府帶來的，當初齊昭在王府幫她闢了一塊地，那塊地種的小麥也收了差不多六百斤，福妞原以為是湊巧，用那小麥做了麥種，種在御花園，親自照料，此外又讓人拿著麥種去城郊種了幾塊地。

福妞心中有些期待，趕緊讓人去把城郊負責種地的人喊來，那人一來也顧不得規矩了，立刻笑容滿面地跪下。「小人正想來給娘娘報喜，今年城郊的小麥一畝地收了六百二十多斤，這是小人幾十年都未曾見過的奇事；且小麥全都顆粒飽滿，若是天下百姓都能種植這種小麥，哪還會有人餓肚子？」

他把小麥呈上，福妞搭著宮女的手走過去，面帶笑意抓起一把看了看。她讓人種了將近二十畝地，若是收成都這麼好，那便印證了她心中的想法，用這小麥做為種子，可以種出產量豐富的小麥。

「賞，重重有賞。」福妞看著手中的麥粒，心情大好。

可接著，她就覺得一陣難受，反胃、頭暈，差一點嘔出來。

「琉璃，本宮不舒服，快扶本宮躺下。」福妞差點站不穩。

大宮女琉璃緊張地一把扶住福妞，讓她躺在榻上，擔憂地問：「娘娘，奴婢去喊皇上，順道請太醫吧！」

福妞皺眉，半晌才說道：「先請太醫，莫要打擾皇上。」

很快太醫便來了，福妞靜靜地看著太醫為她診脈，果然沒一會兒，太醫跪在地上，滿臉喜色，道：「恭喜娘娘！賀喜娘娘！」

皇后有孕，這是極大的喜事，是宮裡期待多久的好事！

可此時前朝卻是另一幅光景——大殿之中滿滿的跪著大臣，都是在請求皇上要麼納妃，要麼廢了皇后。

人人都道，皇后出身低微，又對皇嗣沒有貢獻，實在有辱皇后這個位置。

齊昭冷著臉，想把這些人都拖出去斬了。

如果只有兩、三個人，他會毫不猶豫地處置他們，可現在跪在地上的有二十幾個人，他哪能直接砍了？

福妞原本想讓人把齊昭找來，卻聽聞齊昭被人逼迫納妃，此時二十幾個大臣跪在那裡要脅他。

她這會兒身子好些了，忽然覺得這些大臣實在可笑！

不就是嫌棄她出身低微，沒什麼本事嗎？

人人都道齊昭是糊塗了，被她蒙蔽了，可她就要好好證明，齊昭沒有看錯人！

「琉璃，著人帶上這些小麥，咱們去找皇上。張太醫，你也跟上。」

第五十章　不只一個孩子

福妞帶人到了大殿外，立即有人請她進去，看著烏壓壓跪著的大臣，福妞垂眸沒有說話，匆匆朝齊昭走去。

由於她不常出宮，因此見過她的人少之又少。那二十幾位大臣原本不想多看她一眼，只覺得此人德不配位，不過是蠱惑君心的妖精罷了。

可還是有人悄悄抬頭看過去。

福妞今日穿的是一件海棠紅的鳳袍，原本有些過於鮮豔的衣裳，卻被那張清純溫柔的臉襯得宛若朝霞。

好幾個大臣追隨著那抹飄逸清靈的身影，就好像見到了神仙下凡，讓人移不開目光。

難怪皇上獨愛皇后，試問這般仙氣飄飄的女子，誰人不愛？

福妞走到齊昭跟前，齊昭眼中原本冷淡如寒冰的顏色瞬間變成了溫柔的憐愛。

他握住她的纖纖玉手，低聲問：「怎麼這會兒來了？」

福妞瞥了一眼跪在地上的眾人，淺笑說道：「皇上，您看看這是什麼？」

福妞遞給他一把金黃色的麥粒，顆粒飽滿碩大，看起來很是不錯。

「御花園的小麥收了？」

福妞笑咪咪地道：「是，皇上猜猜一畝地收了多少斤？」

齊昭微微沈吟。「通常一畝地收個三百斤，若是好一些的能收四百斤，妳這地，五百斤可有？」

福妞掩唇一笑。「這一畝地收了六百多斤呢！且不只御花園的，我用同樣的種子在京郊不同的地方種了小麥，收成皆是六百多斤。」

齊昭一喜。「當真！」

他為了解決百姓吃不飽的問題，不知道愁了多久，如今卻讓福妞迎刃而解。

底下跪著的大臣們面面相覷，有人震驚，有人不信，一畝地產六百多斤小麥？若真是這樣，誰還愁糧食不夠吃？

長此以往，天下太平，人人都能吃飽了。那皇后便是立下千古奇功。

誰還敢說她一句德不配位呢？

齊昭撫掌大笑。「皇后研製出畝產六百多斤的小麥。而你們呢？一個個冠冕堂皇，跪在這裡求我為難天下百姓的恩人！」

有大臣鼓起勇氣說道：「皇上，這小麥尚未種下，誰知道是不是真能畝產六百多斤？何況臣等也是為了皇上的子嗣著想啊！」
張太醫立即上前。「皇上，臣有事要報。皇后娘娘已經有喜了！」
齊昭眼睛一亮。「當真？」
福妞微微羞澀。「也是剛剛才知道的。」
齊昭摟著她，望向那些道貌岸然的大臣。
「你等還有何話要說？皇后可算是替朕狠狠打了你們的臉。我看你們一個個不過是尸位素餐罷了！不如下到大獄了此殘生吧！」
齊昭很少動怒，這回他是真的看這幾個人不順眼了。
可福妞卻笑道：「皇上，這幾位大臣雖激進了些，但都是有才幹的人，不如打二十大板饒過了吧。」
那些人先是鬆了一口氣，再又倒抽一口氣。
他們沒想到皇后肯請求皇上赦免，但怎麼又要打二十大板？
一想到挨打總比下獄等死強，這些人還是感激皇后為他們說話。
福妞把自己種出來的糧食都做成饅頭、麵條贈送給窮苦人家，她雖然懷孕身子不便，卻記得底層人家生活的艱辛。沒多久，人人都知道當朝的皇后宅心仁厚，是個極其善良之人。

由於福妞善良，連帶齊昭也不敢再輕易殺戮。

每日他下了朝便去看望福妞，甚至為了讓福妞高興，還把衛氏接進宮中小住了幾日。

衛氏機緣巧合之下收養了一男一女，如今日子也是舒坦得很。

她坐在皇后宮中，瞧著因為懷孕而更添韻味的福妞，心中無限感慨。

當初在鄉下時誰想過這些呢？

那時只聽到一個算命先生說福妞必然嫁給大富大貴之人，沒想到還真是滔天的富貴。

衛氏在宮中住不慣，又是主子、又是下人的，拘謹得慌，沒幾日還是回家去了。

福妞覺得有些無聊，齊昭為了多陪陪她，乾脆改成隔日上朝。為此就有人心生不滿，覺得皇上為了皇后改變太多，皇后雖然懷孕了，還不一定是皇子呢，若是個公主不等於沒生？

再說就是皇子又如何？那嬌弱的身子，頂多也就生一個罷了。

可福妞的肚子彷彿在與人賭氣，越來越大，越來越大，大到有些怪異，這下子一傳出去便又有人說她懷的是怪胎。

雖然齊昭嚴懲了散布謠言之人，但大家還是私底下議論紛紛，甚至有人信誓旦旦地說皇后已經生了個怪胎。

福妞完全不知道這些，她在坤寧宮吃好的、喝好的，日子不知道過得多舒坦。

當然偶爾也會不舒服，福妞的肚子越來越重，她憂心忡忡地問張太醫，張太醫笑道：「皇后娘娘不必憂心，您懷的應該是雙生子。」

雙生子？福妞嚇了一跳，接著又覺得不太像。

她曾見過懷雙生子的肚子，也沒有自己的這麼大呀！該不會這孩子有問題吧！

福妞擔心了好幾個月，終於到了生產那一日，由於有十個穩婆一起來照料生產事宜，福妞倒是不至於太過痛苦。

齊昭在外頭不住地踱步還差點摔跤，他心裡急得要命，直想衝進去！

忽然一陣嘹亮的哭聲傳出來，齊昭一愣，正打算衝進去看福妞，可才走一步就又聽到一陣哭聲，交織在一起熱鬧得很。

下人歡喜地說道：「皇上！皇后真的生了兩個！」

齊昭擔心福妞，還要往裡面走，誰知又爆出一陣哭聲，震天響的哭聲灌入耳朵，齊昭有些不確定，他這是忽然有了三個孩子？

福妞真的一下子生了三個孩子，兩個哥哥、一個妹妹，光乳母就一個娃兒配了兩名，可她卻過了許久都還沒反應過來，她竟然做了三個孩子的娘了？

她才十八歲呀！

隨著日子漸漸過去，福妞發現，為人娘親還真是一件頂快樂的事情呢！

第五十一章 身子不舒服？

三個奶娃剛出生時都是皺巴巴的，可因為齊昭十分上心，底下人絲毫不敢怠慢。乳母、丫鬟、婆子、小廝，負責照顧一個奶娃的裡裡外外就有三十幾人，圍著三個娃娃轉的便有上百人。

其間有一婆子給乳母做的菜稍微鹹了一點，便被打發去洗茅房了，誰還敢怠慢？

加上福妞日日陪著三個孩子，他們都長得極好，才兩、三個月大，就都白白胖胖的了，福妞捏著孩子們肉乎乎的大腿，心裡充滿著幸福與滿足。

三個孩子長得不太像，但都有她和齊昭的影子，人人都道皇后真會生，一下子生三個，簡直是少有的奇事。

但也有人私下動了歪腦筋。

京兆尹家的陸夫人就跟自己身邊的婆子說道：「皇后娘娘一次生三個，雖然厲害，但女人焉能不受生育影響？」

後宮中的女人，只要懷的孩子大一點的，都會影響日後承寵。

不說那地方會撕裂嚴重，光是長滿裂紋的鬆垮肚皮，哪個男人會喜歡呢？

那可是三個孩子啊！皇后娘娘的肚皮不花成西瓜才怪呢！

皇上就是再喜歡她，能閉上眼當作看不見嗎？

男人好色是天性使然，若趁這個時候多與皇后娘娘往來，說不準便有機會了。

陸夫人請命進宮，福妞接待了她。

陸夫人言辭懇切地敬獻上一盒藥膏。

「臣婦知道不該揣測娘娘，可臣婦也是生養過的人，知道女人的辛苦。這盒藥膏臣婦親自試過，去除肚子上的紋路很有效果。」

福妞靜靜地看著陸夫人，她自然明白陸夫人要說什麼。

三胎出生後，福妞肚皮雖沒有花成西瓜，也沒有鬆垮成破布，但還是有幾道細細的淺褐色紋路，她皮膚很白，更顯得明顯。

還有腰身也大不如前，宮裡的人說基本上生過孩子就很難恢復成原本的樣子了。

她聽了自然免不了失落，便一直藉口身子還未恢復，拒絕與齊昭同房。

齊昭心疼福妞，也未再提起。

然而，齊昭越是體貼，福妞就越害怕被他瞧見自己的肚皮和腰身。她也讓人找了不少藥膏來搽，只是效果甚微，不免懊惱。

此時陸夫人進獻藥膏，福妞立即有些心動，但一想就差不多明白了。

她聽說過陸夫人家中有一千金陸婉寧，是京城一等一的美人，陸大人也頗有才幹，曾經有人向齊昭進言將陸婉寧納入後宮，如此還能籠絡陸大人。

當然，齊昭沒放在心上。

此時福妞微微愣神，不用想都知道這些日子外頭都流傳著什麼。

女人實在是不容易，可她有什麼辦法？

福妞聲音淡淡的。「陸夫人有心了，聽聞妳家中有一千金，才貌雙全，若是哪一日得空，不妨帶來本宮跟前看看。」

陸夫人一喜，立即道：「皇后娘娘，臣婦記下了。」

沒幾日陸夫人便帶著陸婉寧進宮了，陸婉寧才十五歲，生得嬌小玲瓏、膚如凝脂，纖腰纖不盈握，為皇后獻舞一支，步履輕盈靈動，仙氣飄飄，煞是動人。

全宮上下都看得移不開目光，福妞也一瞬不瞬地盯著陸婉寧看，感嘆這世上竟有這樣的妙人兒。

陸婉寧一曲舞畢，含羞帶怯望向皇后。皇后面色淡然，看不出什麼情緒，她懶懶地靠在榻上，姿容超凡，瞧著竟不似凡人。

陸婉寧內心一顫，忽然明白了皇上為何獨鍾皇后，光這張臉便是傾國傾城、無人可替的。

雖然陸婉寧自詡京城第一美人，可看到皇后之後也覺得自己有些可笑了。

誰知道，福妞卻笑道：「明日宮中設宴，陸姑娘既有如此舞技，可在宴會上添個彩頭。」

陸夫人內心一喜，趕緊應下來，陸婉寧答道：「臣女多謝皇后娘娘！」

她再次偷偷抬頭看向皇后，皇后身上穿著一件珍珠白湖縐裙，領口處繡著如意雲紋，精緻典雅，陸婉寧心中暗暗記住了。

第二日，皇上大辦宴席，現場觥籌交錯，美酒佳餚，人人都帶著笑意。

今日宴會乃是宮中最得力的于總管操辦而成，唱曲兒的、跳舞的讓人應接不暇，壓軸出場的陸婉寧更是身段優美，一曲〈江南月〉跳得讓人驚豔。

幾位大臣接連誇讚陸婉寧，皇上便沈著眸子問道：「妳是陸大人之女？」

陸婉寧心生慌亂，彎腰答道：「回皇上，民女父親正是陸幽岩，民女是奉皇后娘娘之命來為皇上獻舞的。」

她這話一出，眾人心中也都懂了，陸姑娘是皇后獻給皇上的。

皇上抓住旁邊福妞的手，帶著些醉意道：「皇后一向體貼，朕瞧了也很歡喜，陸姑娘跳得不錯。」

福妞心中微微發酸，但依然保持著恬淡的微笑。

齊昭一直抓著福妞的手，眸子裡帶著笑。「如此佳人豈能辜負？」

眾大臣雖一直力薦皇上選妃，但此時卻都有些懵了——難不成皇上最終還是為色所迷，答應接納別的女人了？

更有大臣暗自腹誹，認為皇上先前的情深意重只是做做樣子，如今還不是看上了別的女人？與此同時又有些羨慕皇上，他坐在那個位置上真是想娶誰就娶誰，皇后那般美貌，這會兒又來了一個陸姑娘，當真是豔福不淺呀！

「陸家千金才貌雙全、氣質非凡，朕決議……」

他停頓了一下，現場人人都在豔羨陸姑娘當真好福氣。

福妞的手微微往後縮，她是牽了線，想著齊昭若是喜歡陸姑娘便把她帶回去，畢竟他是皇上，與一般人不同。可當齊昭真的開口了，她卻心中酸得只想哭。

就在陸幽岩與陸婉寧父女倆心中的喜悅就要突破胸腔，準備謝恩時，皇上突然話鋒一轉。

「朕做主，將陸婉寧許配給翰林院的張庭林，兩人郎才女貌，正適合做夫妻。」

陸婉寧一怔，臉色發白，陸幽岩更是急得要上前質問，馬上就被人拉住了。

翰林院的張庭林乃上上屆舉人，因為得罪了人且行事平庸，不得重用，家世也非常一般，嫁給他這輩子還有什麼指望？

陸婉寧乾脆跪在地上，紅著眼眶說：「皇上，民女與張大人素不相識，怎能、怎能如此匆匆……」

皇上似笑非笑。「妳是不滿意朕的旨意？還是說妳嫌棄張庭林？那妳想嫁給誰？難不成想嫁給朕？」

陸婉寧含淚看向前，英俊年輕的男人坐在那個高高在上的位置，舉手投足之間都是尊貴，偏偏那漫不經心的樣子又十分勾人。

她多想答一句「民女就是想嫁給您」，可哪裡說得出口呢？

齊昭一隻手牽著福妞，另一隻手不輕不重地把酒杯放到桌上，發出「咚」的一聲，在場的人皆是心驚。

顯而易見的，皇上這是生氣了！

他眯起眼。「朕只喜歡皇后這件事，天下百姓皆知，妳若想嫁給朕，那便是太糊塗了。朕好心為妳指了婚妳不嫁，那便是朕的話不管用了，陸大人，是這樣嗎？」

這語氣誰不怕？陸幽岩嚇得屁滾尿流，趕緊爬出來跪下。「皇上！您誤會了，臣不敢！皇上肯親自為小女指婚，是她無上的福氣。臣一家感激不盡啊皇上！」

他這麼一說，陸婉寧也明白了，只能含淚磕頭。「民女多謝皇上。」

陸家向皇后敬獻女兒，皇后幫忙呈到皇上面前，結果不僅沒被皇上看中，反倒被許配給一個極不入流的小官，這成了京城的大笑話。

也有人忍不住心疼陸婉寧，如此絕色，竟然便宜了張庭林那小子。

可誰敢破壞御賜的親事？

皇上命令兩人七日之內完婚，張庭林家貧，時間又緊迫，陸婉寧流盡了悔恨的淚水。

福妞也覺得此事似乎太過，晚上歇息前與齊昭說道：「她雖然……但年紀輕輕的，嫁了不如意的人，只怕一生都毀了。」

齊昭並不在意。「那是他們咎由自取，膽敢踩到妳的頭上，妳性子好，但不代表誰都可以欺負妳。」

福妞委屈兮兮的。「我心裡都知道，別人會這樣找我也不是全無道理。」

她一想到陸婉寧年輕貌美，而自己生完孩子後各方面大不如前，就覺得難受。

可齊昭摟著她，目光灼灼。「到底我要如何，妳才能明白？」

他不想再問，便沿著她的唇吻了起來，熱切的吻讓人透不過氣，半晌，齊昭低喘道：「已經百日了，太醫都說可以了。」

他說著便要從她衣襬下面探進去，福妞慌亂地抓住他的手。「不要……」

她幾乎是乞求了，可齊昭今日非要看個究竟。

他半哄半強硬，最終還是看見了她的肚皮。

的確不那麼柔細光滑了。

福妞眼睛紅紅的，有些生氣。「你瞧見了？」

齊昭伸出手摸了摸。「瞧見了。」

他聲音緩緩的，帶著一股讓人安定的力量。

「妳躲著藏著就是不想讓我瞧見這些？」他低頭，一下一下地親吻那些淺褐色的痕跡，福妞往後躲，卻被他禁錮住，根本躲不了。

福妞有些難堪。「不難看嗎？」

齊昭想到上輩子的事情，他即位之後有一次騎馬打獵傷到了，後背留下一道猙獰的傷疤。

「若是我身上有疤痕，妳就會覺得難看？」他握緊她手，問。

福妞緩緩搖頭。「自然不會，我只會心疼你。」

「所以妳認為我會覺得妳不好看？妳知道嗎，這些痕跡別說長在肚子上了，就算是長在妳的臉上，我齊昭也依然愛妳。更何況，我寧願它們長在我身上，讓我受傷、讓我疼。」

他指腹微微摩挲她微紅的雙眼，聲音低醇，令人著迷。「我愛妳，生生世世，妳無須懷疑。」

福妞渾身像被他點了火似的，兩人已經許久沒有在一起了，此時情不自禁，一觸即燃。

滾燙的唇流連忘返，可帳子才剛開始搖晃，外頭大皇子的乳母便著人通傳。

「皇上，娘娘！大皇子啼哭不止，怕是想念娘娘了！」

福妞瞬間清醒了，慌忙推開齊昭，起身披上衣服便出去了。

大皇子還小，自然是依戀母親的，他最愛哭，雖然是男孩子，但一哭就很難哄，只有母親才能哄好。

齊昭跟在後面，又是擔心、又是氣憤，等瞧見大兒子窩在福妞懷裡格格地笑著，根本什麼問題都沒有，他氣得話都不想說了。

這兒子是來報仇的嗎？

等把大兒子哄睡，回到自己寢殿裡，方才的興致也消失得差不多了。不過，兩人好不容易熬過了孕期以及產後百日，積累的愛意可不是輕易能夠冷卻下來的。

齊昭輕柔地撫著福妞的腰肢，聲音低醇。「咱們老大竟如此悖逆父親，等他長大必定要教訓一番。」

福妞輕笑。「他才多大，懂什麼？你啊，哎。」

她溫柔又繾綣地轉身主動吻了上去，齊昭心中一熱，開始回應。

柔香入心，讓人沈醉，兩人衣衫將要褪，二皇子的乳母卻來了。

「皇上，娘娘！二皇子不肯吃奶，已經持續兩個時辰了，這該如何是好啊！」

聞言，福妞和齊昭又趕忙前去看望二皇子，二皇子正在哭，福妞接過來哄了一會兒，他才總算安靜下來，又到乳母懷裡吃了奶，這才睡著了。

這一夜算是徹底浪費了，齊昭想到這兩個臭小子就生氣，早上用完膳還是很不爽，但因為要去早朝，只能趕緊走了。

福妞豈會不知道他的心情，她吃完早飯，分別去看了三個孩子，接著便沐浴更衣，又躺回床上。

齊昭早朝約莫一個時辰，回來時本想找福妞說說話，見她不在，便問丫鬟。「皇后呢？」

「回皇上，娘娘在床上休息。」

「怎麼了？身子不舒服？」齊昭一急，立即抬腳往房裡趕去。

他掀開帳子正準備問福妞怎麼了，卻瞧見帳子裡的美人兒穿著一件水紅色繡鴛鴦的肚兜，含情脈脈地望著他，哪有半分不舒服的樣子？

齊昭克制住自己的心跳，問：「妳這是……」

福妞臉上發燙。「你不喜歡？」

齊昭抓住她的玉臂，把人撈到自己懷裡，胡亂地親上去。「妳這是引火自焚。」

第五十二章　中秋風波

這幾個月時間過得特別快，福妞忙著照顧三個孩子，還要多關心齊昭，怕他忙於朝政疏忽健康，也怕他因為三個孩子而失落。

一整天下來，時間都分給了夫君和孩子，自己想做的事只能先放到一邊了。

可她之前做的一件事卻改變了百姓的生活。

前一年因為福妞種出來的小麥產量特別高，齊昭便下令把那些小麥送到幾個州府作種植試驗，眼看到了收成的時候。

若是往年，即使是豐收，百姓們也頂多吃幾頓飽飯，過了那一陣子，依舊是縮衣節食、日子難過，能不餓死就是最大的福分了。

而這一年有朝廷賜下來的小麥種子，有的人滿懷希望，但也有人不屑一顧。

朝廷給的種子，不見得是什麼神仙種子，結果如何還很難說。

可等到收成這一日，大家辛苦下田把小麥收回來，再打出穀粒，一秤，都震驚了！

這足足是往年兩倍的產量，定然夠吃了。

縮衣節食挖野菜的日子，終於要結束啦！

大夥兒看著那一堆堆小麥，都忍不住抹淚，對著京城方向下跪磕頭，高呼吾皇萬歲。

這一年的豐收季節是真的豐收，人人歡樂溢於言表，新麥磨成粉，再做成饅頭、麵條，吃起來香甜管飽，簡直是無上的幸福。

有人便去打聽這小麥種子是怎麼來的，知道是皇后娘娘的用心之後，心中都是感激與讚嘆。

喜報一封接著一封，齊昭臉上的喜色怎麼也掩蓋不住，他看著文武百官，聲音裡都是激動。「眾位愛卿想必都已經知道了，今年新試驗的小麥豐收，給百姓們帶來了極大的好處，皇后功不可沒，朕這樣說你們可有意見？」

這誰敢有意見？就是從前對皇后有意見的人現在也不敢有了，畢竟能讓百姓吃飽的法子，除了皇后沒有第二個人想得出來。

因為今年的試驗大獲成功，齊昭便命令所有適合種小麥的地方都種植新型小麥。第二年收成時舉國歡慶，百姓都哭著感謝皇上和皇后的恩澤。

齊昭著人暗訪了一番，發現大夥兒的生活的確好了許多。許多地方的官員提到這事也都覺得驚奇，特別是原本就致力於改善民生問題的官員，花了那麼多工夫都沒能讓大家過上好日子，而皇后娘娘種出來的小麥種子，竟然就能讓所有百姓都吃飽。

由於糧食問題已經解決，皇上便想更進一步提升百姓的生活品質。他讓人傳書，命各地知府、知州前來京城面聖，為自己轄區子民未來的生活做個周全的計劃。

鄭啟申也收到這樣一封傳書，書信中皇上還盛讚他創辦女子學堂、振興潭州。皇上想要鄭啟申進京與他一敘，談談關於女子教育，畢竟女人中的佼佼者非常多，不能讓女人的智慧被輕易埋沒了。

鄭啟申看著書信，下意識地想到了福妞。

他與福妞認識的時間不算長，但那時他只顧著忙政事，想盡辦法振興潭州，錢財也都用在了百姓身上，根本無暇考慮自己的親事。

可當知道福妞要訂親的時候，他還是難受了好長一段時間。

其實他何嘗不喜歡福妞？她聰慧靈動、善良美麗，在他要創辦女子學堂時義無反顧地幫助他，沒有任何怨言與要求，好多次他經過女子學堂看到她在教女孩們讀書，都覺得是一幅好美的畫。

鄭啟申那時候想，要不是自己身上沒幾個錢，他是一定要娶福妞的。

他有時候也想，自己畢竟是知州，雖說是兩袖清風，但也比尋常人有面子得多，若要娶福妞，說不定福妞也願意。可是，她都已經要訂親了。

鄭啟申瞻前顧後，終於下定決心去爭取時，福妞一家卻憑空消失了。

只留下一家包子店。

他什麼事都做不成了，日日去那家包子店等，又派人去查，卻不知為何什麼消息都查不到。

鄭啟申去問那個差點跟福妞訂親的沈瑜，得到的答案是福妞死了——一家三口意外身亡。

他失魂落魄，暴瘦得不成人形，養了一年多才好些。

他想到福妞與他說過的話。

福妞說他是個好官，說百姓都等著他帶大家過上好日子。

她那時候笑著說：「鄭大人，潭州若是沒了您，百姓可如何過呀？」

鄭啟申彷彿找到了力量，重新振作起來，將女子學堂越辦越大，把時間都花在潭州百姓身上，鞠躬盡瘁死而後已。

他把那信合上，收拾一下行囊便進京去了。

中秋節，各地從四品以上官員齊聚京城，皇上特地命人辦了一場宴會。

鄭啟申到了京城之後，先去拜訪恩師，到了陸家，他的老師陸幽岩見到他便開始唉聲嘆氣。

「難得你還記得為師，啟申啊，為師如今在朝中已經不行啦，大勢已去矣。」

自從他的妻女得罪了皇上，他在朝中便有如過街老鼠，哪還敢隨便露面，皇上次次見到他都冷淡得很。

鄭啟申恭敬地說道：「老師品德高潔，定有再被重用之時。」

陸幽岩擺擺手，終究是有苦難言，只先安排鄭啟申在家裡住下。

鄭啟申連隨從都沒帶，他雖是從四品，但為人隨性，一切從簡。陸家丫鬟知道他是個大官，都想著若被看中，日後便發達了，因此伺候得十分殷勤。

就連回娘家的陸婉寧看到鄭啟申，都恨皇上把自己賜給了張庭林。

那個張庭林倒不是壞人，但整日只顧讀書，完全不管家裡事，日子可以說是難過得很。

她心裡恨，便跑到娘親屋裡哭了一通，說生活多寒酸、多可憐。她娘也沒有辦法，女子都已經嫁了，還能如何？

陸婉寧哭起來毫無顧忌。「都怪皇后娘娘！她若是真心幫我，為何不為我解釋半分？若是不想讓我去伺候皇上，直說便是。」

陸夫人也覺得不悅。「這樣的女人真是可怕，設好了陷阱引咱們往裡面跳，可她是皇后，咱們又能如何？」

「天道好輪迴，從古至今有幾位皇后是善終的？今日她是皇后，來日還不知道是誰呢！更何況……」

更何況也不是沒有皇上喜歡上已經出嫁的女子，只要扳倒了現在的皇后，她就有得是機會，皇上不都稱讚她跳舞好看了嗎？

就算無法得到皇上的歡心，能扳倒皇后也算是出一口氣了。

陸夫人捂住她的嘴。「妳呀！傻子！這話心裡想想便是了，可千萬別再說了，否則被宮裡那位知道了，又是大罪！」

她們娘兒倆說了一番，陸婉寧心情好多了，便從她娘房間出來了。

她才走了沒幾步，就聽到兩個丫鬟低聲說著話。

陸婉寧頓住腳步。

「這畫像是誰呀？怎麼知州大人身上帶著女子的畫像？還有這條帕子，妳瞧，上頭還有字，這是什麼字？」

「我不認識字，不過這女子真漂亮，怪不得讓人日日帶在身上。」

陸婉寧走過去問：「妳們在說什麼？」

那兩個丫鬟嚇了一跳，忙道：「回小姐，我們去幫鄭大人洗衣服，不小心瞧見了他衣裳裡的東西。」

陸婉寧拿過來一瞧，一眼就認出那畫像是皇后。
而那條手帕上繡著兩個很小的字。
「福福。」
當今皇后，名諱正是王福福。
陸婉寧眸子一沈。「妳們拿衣裳的時候，鄭大人可知道？」
「鄭大人睡著了……」
「趕緊送回去，不要再動了，就當不知道。」
「是，小姐。」
那兩個丫鬟趕緊把衣裳送了回去。鄭啟申車馬勞頓，睡得很沈，完全沒有發覺。
三日後，便到了中秋佳宴。百官群至，熱鬧非凡，簡直是十年一遇。
且這回不僅有御廚做的飯菜，還有用各地官員帶來的小麥做成的多種麵食，精巧味美，寓意很好。
皇上的三個孩子很早就會走了，不知為何，皇室子女似比尋常人家更優秀些，兩位皇子小小年紀就顯得既帥氣又高貴；而小公主玉雪可愛，穿著一身粉色宮裝，嬌滴滴的像是雪團子，她會走路之後反倒不愛走路，喜歡被乳母抱著，手裡拿著一塊糕點在吃。

鄭啟申遇到了小公主，他看著那張與記憶中那人有些相似的臉，微微愣神。

旁邊的嬤嬤提醒。「這位大人，這是咱們皇上、皇后膝下的公主。」

鄭啟申趕緊行禮道：「微臣給公主請安。」

公主還在牙牙學語，懂的東西不多，她滴溜溜的眼睛看著鄭啟申，忽然咧嘴笑了。

「甜！甜！」

鄭啟申瞧見那笑容，心裡更是猛地一緊。

這女孩和福福長得實在太像了，尤其是笑起來的神態。但，也許是巧合吧，是他想太多了。

鄭啟申有些心不在焉，落坐之後又被皇上點名誇讚，說他是少有的好官，又聰明過人，行事有度。

同時，皇上賞賜了他不少好東西，都正合他胃口，比如一整套關於如何治理國家的古書。

鄭啟申跪下謝恩，可還未起身，旁邊忽然走上來一個宮女，跪在地上便喊：「皇上！民女要告發這位鄭大人與皇后的私情！」

群臣譁然，鄭啟申看過去，只見這位宮女似乎與陸老師家的女兒長相一模一樣，他神情並未有太大波動，只是覺得荒謬。

皇上猛地冷喝一聲。「大膽！拖出去！」

陸婉寧不住磕頭，額頭都破皮流血了。「民女是為了皇上好，為了社稷好。皇上難道是心虛？若是您不查清楚，只會淪為世人的笑柄啊，皇上！」

意識到事有蹊蹺，立即有人出來請求皇上查清楚。

可今日是什麼場合？這麼難得相聚一堂的機會，齊昭不想破壞。

他根本就不信福妞會與其他人有什麼不正當的關係。

陸婉寧對天發誓，說自己絕無半句虛言。

鄭啟中覺得她一定是瘋了，便道：「那妳拿出證據來吧。」

陸婉寧走過去，猛地從他懷裡抽出一塊帕子和一張畫像。

「這便是證據。」

立刻有人來檢查那兩樣東西，接著呈到皇上手裡。

齊昭把畫像打開一看，當下呼吸都要停住了，再看看那帕子，是他熟悉的福妞的繡工。

沒錯，任誰看了都會懷疑，但齊昭依舊相信福妞。

「就憑這兩樣東西妳就在此誣衊皇后？妳到底是有幾顆頭夠砍的！」

陸婉寧大聲喊：「民女死不足惜！但求皇上身邊的人乾乾淨淨，值得皇上傾盡一切的獨寵，否則天下人都不服這位皇后。鄭大人，請你說說看，你是不是喜歡這畫像上的女人？」

鄭啟申有些不解。「這畫像上之人與皇后有何關係？下官從未見過皇后。」

陸婉寧冷笑道：「皇后便是這畫像上之人。」

聞言人人都感到震驚不已，這到底是怎麼一回事？

陸婉寧道：「會送手帕之人，必定是私下都心悅對方，鄭大人與皇后的這段風流韻事到底是什麼時候發生的，不如鄭大人說說吧。」

鄭啟申笑了笑，忽然一巴掌朝她的臉打了過去。

他這會兒終於明白了，怪不得自己查不到福妞的消息，原來她竟是做了皇后。

他本來就不是脾氣多好的人，無論如何，他都不允許旁人誣衊福妞，這一巴掌，他想也沒想便打了。

陸婉寧震驚地捂著臉。「你是我爹的學生！你敢打我！」

鄭啟申面容平靜。「我是愛慕畫上的女子，但並不知道她做了皇后，何況她也不喜歡我。這條手帕不過是她落在之前住過的舊屋裡，我拿了私藏罷了。我鄭啟申一生窮困，沒有資格娶那麼好的女子，珍藏在心底還不行嗎？」

他說完，與皇上對視，絲毫不懼。

「今日既說開了，那微臣不免要多說一句，雖然王姑娘從未喜歡過下官，但若是哪一日王姑娘受了委屈，下官赴湯蹈火也要保全她。皇上，您若是想砍微臣的頭，便砍了吧。」

第五十三章 輸給三個娃娃

鄭啟申的話讓在場大臣都嚇出一身冷汗，換作別人，誰敢這樣對皇上說話啊！這下不砍頭都難，畢竟是覬覦皇后呢。

其實齊昭心裡非常不悅，他看得出來鄭啟申是個很不錯的人，也看得出來鄭啟申是真的喜歡福福，而且是那種隱忍深沈的愛意。

曾經的他不也如此？忍著忍著就失去了她，成為永遠的痛。

但是齊昭也清楚明白，福妞不會喜歡心胸狹隘之人。

鄭啟申與她想必是君子之交淡如水，何況鄭啟申又是個一心為民之人。

齊昭聲音淡然。「皇后仁德聰慧，對她心存愛慕實屬正常。但愛卿要知道，她是朕的妻子，朕愛她如命，她與江山不分伯仲。」

若非礙於這麼多大臣在場，齊昭只會說江山算個什麼，他只愛王福福。

鄭啟申磕頭道：「微臣明白，祝願吾皇與皇后娘娘洪福齊天、百年好合。」

他清清白白、不卑不亢的態度讓齊昭心生後怕，當初幸好他及時去了永州，否則說不定福妞就喜歡上這廝了。

末了，齊昭不僅沒有為難他，反倒嘉獎一番，委以重任。

這讓在場的大臣們大大改觀，心裡忍不住讚許皇上英明，並非傳言中獨寵皇后的專斷之人。

今日福妞原本也要參加宴會，只是因為身子不適便留在殿內休息了。

她睡了一覺，覺得舒服多了，幾個孩子也回來了。

大皇子親親她的臉說：「想母后。」

他最聰明，小小年紀都會表達自己的想法了。

而弟弟和妹妹雖然不及他聰明，但也都想念母后，爭著往母后懷裡擠。

福妞笑咪咪地把他們三個都抱在懷裡。「你們去中秋宴上可吃著什麼好吃的了？」

小公主認真地說：「糕，甜。」

福妞刮刮她小鼻子。「吃了糕糕很甜是不是呀？」

大皇子瞥小公主一眼說：「妹妹，胖。」

小公主眼睛一瞪，嗚哇一聲哭了。

這時老二趕緊給妹妹擦眼淚，摟著她，福妞瞧他們三個亂作一團也覺得好笑，趕緊哄了起來。

好不容易哄好了，乳母過來說該餵他們喝奶了，便又抱走。

福妞就是再好的耐心，面對三個孩子也還是腦子嗡嗡的，正打算休息一下，就見齊昭回來了。

他平靜地走過來問道：「頭疼可好了？」

福妞點頭。「好多了，你怎麼回來這麼早啊？」

「人太多吵得慌，有胡大人他們在，我回來沒事。」該賞賜的都賞賜了，流程是事先定好的，他在不在沒什麼太大關係。

福妞笑笑。「那你若是累了就躺一會兒，我陪你。」

齊昭順勢躺下了，摟著她睡了一會兒，心裡稍微安穩了些，便忍不住問了一句。「潭州的鄭啟申妳可認識？」

福妞原本都要睡著了，聽到這話立即精神來了。「認識呀！莫非他也進京了？」

齊昭心思複雜起來。「嗯，妳與他如何認識的？」

福妞也不隱瞞，把自己替鄭啟申付餛飩的錢以及幫助他創辦女子學堂的事情都說了一遍，邊說邊覺得那段時光還真有趣。

「你不知道，鄭大人真的是個好官，雖然表面上直來直往但內心詩情畫意，在潭州種了許多花，潭州人生活得自在又愉悅，是其他地方比不上的。」

就連她爹娘都時不時懷念在潭州的生活呢。

齊昭越聽心裡越酸，他竟然不知道福妞對鄭啟申評價如此之高。原本篤定她不會喜歡鄭啟申，可現在知道她對鄭啟申雖無愛慕之情，但光是賞識這個人，他就覺得不高興。

總之，齊昭聽她誇讚別的男人就覺得渾身不對勁。

福妞說著說著就發覺他臉色不對，靠過去，笑著問：「你怎麼了？」

齊昭聲音冷硬。「妳說鄭啟申大公無私、平易近人、百姓愛戴，處處都是優點，是個再好不過的人了。那我呢？」

福妞訝異。「什麼那你呢？」

齊昭暗暗咬牙。「妳誇了別人半天，怎麼都不誇誇我？」

福妞聽到這話忍不住捂嘴笑了起來，齊昭乾脆把她拉到懷裡不許她笑。「妳笑什麼？難道我沒有可誇之處？」

福妞這才正正經經地看著他，她眸色瑩潤，如月光映在湖面，讓人感覺到無邊的溫柔與愛意。

「我誇別人，那是因為以旁觀者的角度去看，就覺得此人有缺點也有優點；但你不同，你就是我的命，有時候我覺得我和你一起才是一個整體，你說我該如何誇自己？」

她靠在他胸口，聲音又甜又酥。「你雖然是皇上，但也是個人，有自己的喜怒哀樂，也有失誤之處，但我就覺得你每一處都是好的。對的是好的，錯的也是好的，沒有可誇之處是因為處處都是好的。」

齊昭被她這一番話哄得心花怒放，但還是故意問：「哦，是嗎？那妳的意思是其實妳心裡很清楚我也有不好的地方，妳倒是說說看我哪裡不好？」

福妞有些難為情。「你……都很好，沒有不好。」

見她說假話，齊昭冷哼一聲，抓住她就親。「還想誆我？」

他非要逼她說實話，兩人這麼一折騰，帳子又落下來，鴛鴦被裡胡亂翻著，福妞香汗淋漓，嘴裡忍不住求饒。

可齊昭哪肯饒過她，到最後，福妞才憤憤不平地說：「你哪裡都好，唯一的不好，便是床上太孟浪了些！」

這讓齊昭哈哈大笑，從她耳根一路吻到眼睛。「妳喊好哥哥，我便不那麼孟浪了。」

兩人在屋裡你儂我儂，外面廊下站著三個奶娃娃，都眼巴巴地等著見母后。

等了小半個時辰，門終於開了。齊昭開門瞧見三個粉團子一樣的娃娃，嘴角都是笑意。「來讓父皇抱抱……」

誰知道，三個娃娃挨個兒推開他，哭哭啼啼往屋裡跑去。「母后……」

齊昭站在原地，風中凌亂。他能爭得過其他男人，可面對這幾個娃娃，還真是輸得一場糊塗。

小公主瞧見母后懨懨地躺在床上，「哇」的一聲哭了，哭著哭著忽然走過去，「啪」給了齊昭一拳頭。

第五十四章　前世的戰亂

齊昭瞧著幾個奶娃緊緊摟著他們的娘，忍不住在心裡搖頭。

他總是覺得自己忙，能和福妞在一起的時間太過短暫，如今一瞧，這短短的相伴時間也被這些孩子搶走了。

那還能怎麼辦呢？他一個大男人，能跟孩子們置氣嗎？

何況還是自己的孩子。

見孩子們糾纏著福妞，他只得嘆著氣回御書房處理事情。

這一弄就到了深夜，孩子們都被抱回去睡覺了，福妞左等右等不見齊昭，乾脆打了燈籠帶著宮女一道去等。她遠遠隔著窗紙瞧見那熟悉的剪影，似乎正在忙碌，便坐在廊下，想著齊昭忙完出來自然能看到自己，也不許下人們傳話。

等著等著，她竟迷迷糊糊地趴在桌上睡著了。

齊昭出來時瞧見廊下睡著個人，原以為是宮女偷懶，走近一看才發現是福妞。

他的心一下子疼了起來，想把她抱起，福妞卻醒了，她揉揉眼道：「你忙完了？」

齊昭半是責怪、半是心疼。「這麼晚了，風又大，妳怎麼坐這裡？」

「我想著你在忙，不能打擾你，但又想等你一起回去，便沒有讓人喊你。」她站起來，靠在齊昭懷裡。「等你好一會兒，想你了。」

那酥軟嬌嗲得讓人發麻的聲音，讓齊昭渾身的疲憊都消散了。他親親她的額頭，說：「我也想妳。」

兩人相擁著回到寢殿，福妞親自伺候齊昭脫了衣裳，又讓人打水進來洗腳，一邊輕輕說些話。

這樣寂靜的夜，沒了孩子的打擾，倒是舒適得很。

等躺到被子裡，齊昭摟著她，心裡都是滿足。

他堅定地說：「孩子還是不能要太多，實在太聒噪了，現下三個孩子都分去了妳那麼多時間，若是再來兩個不是更可怕？」

福妞忍不住低笑。「那便不要了就是，等孩子再大些，我便不管他們了，全心都放在你身上。」

事實證明福妞這話根本就是反話，隨著孩子越來越大，當娘的只會越來越上心。

三個孩子逐漸長大，學習說話、讀書、為人處事，以及身體上的每一處不舒服，一個月長高了多少、吃胖了多少，福妞都時刻關注。

不知不覺，孩子們都五歲了，一個個都長得非常好，兩個皇子啟蒙順利，讀書寫字分外優秀，還學習了武術，人人都道他們是歷來最聰慧的皇子。

而小公主也嬌軟可愛，唱歌宛如天籟，還讀了不少書，人人都道她是全天下命最好的女孩。

這三個孩子最喜歡自己的母后，每天一有空便跑去找母后，福妞越看他們就越是喜歡。

這兩年齊昭越發地忙，他深刻記得上輩子自己登基第七年的時候西疆爆發了一場戰亂，死傷無數，最後他親自帶兵上陣，雖說勉強打勝了，卻也身負重傷，昏迷了十數日才醒來。

這一世他提前做了不少準備工作，試圖阻止這場戰役，不只為了黎明百姓著想，也是因為他不想離開福妞和孩子。

可誰知道，天不從人願，一道道消息傳來，西疆還是打了起來，且情況危急只怕快撐不住了。

齊昭愁得好幾夜都睡不安穩，他看著福妞的睡顏，難以想像自己帶兵出戰，只留他們母子幾人在宮中的情景。

滿朝上下如今看起來穩定，實際上誰有異心還說不定，若是出了事，他該如何護著他們？

又是一夜未眠，齊昭只恨自己重來一世竟未能改變命運。

第二日一早，福妞起床幫齊昭梳頭，忽然一頓，心裡疼了起來。

她竟然瞧見齊昭出現了一根白髮！

雖然不是很明顯的白髮，可還是讓福妞心裡非常難受，齊昭才二十多歲啊！最好的年紀，合該英氣勃發的時候，卻生出了白髮。

福妞沈默著沒有說話，瞧見鏡子裡的齊昭閉著眼睛，眉頭微不可察地蹙著，她的思緒飄得很遠。

人人都說齊昭幸運，先是先皇子嗣單薄、太子自殺，由齊昭的父親繼承皇位，再來是其他幾個兄弟都不成器，誰也沒想到齊昭會殺回京城，成了太子，再順利繼承皇位。

有人佩服他的真才實幹，也有人酸溜溜地說他只是運氣好。

福妞垂下眸子，她知道，齊昭不容易。

別人閒散遊玩之時，他在忙著處理國家大事。

天下人的日子都繫在他的身上，這不是誰都能負擔得了的。

福妞悄悄把那根白髮藏了起來。

可齊昭還是發現了，他微微抬頭，道：「妳瞧見了我的白髮？」

福妞更心疼了。「人吃五穀雜糧，偶爾長出一根白髮又沒什麼。」

齊昭微微一笑，握住她手道：「我有件事要同妳商量。」

他把福妞拉過去坐在他腿上，看著她清澈的雙眸，聲音裡盡是不捨。「西疆打起來了，來報的人說情勢不樂觀，只怕……我要去一趟。」

福妞心中一顫，抓住他衣襟。「去多久？」

「少則三、五個月，多則一年。」他如實答道。

福妞心中亂如麻，她捨不得，何況齊昭要去的地方可是戰場呀！那裡日日死傷無數，若是死的是齊昭，傷的是齊昭，還不如要她的命！

可她又怎會不知道，齊昭如今是一國之君，他不去誰去？

他若是不去，舉國上下更會大亂，國不安，家何安？

可那心裡絲絲縷縷揪著的疼讓福妞忽視不了，她艱難地問：「就沒有其他的辦法了嗎？」

說著說著，她眼淚都要掉了。

齊昭語帶苦澀。「若是有別的法子，我也不願將你們留在京城，可……此次我只能去一趟。妳放心，我會派最好的暗衛護著你們，你們就待在後宮莫要出去，我儘量早些回來。」

福妞覺得心中一片恍惚，宛如作夢一般，什麼也說不出口。

但此事已成定局，最終齊昭還是定了出發的日子。衛氏和王有正知道之後便進宮來陪伴福妞，兩人也都很擔心齊昭的安危。

福妞什麼多餘的話都沒有說，也未向旁人表現出不捨或悲傷，只是每當獨自一人時便忍不住落淚，眼睛都哭紅了。

她熬夜做了些貼身衣物，想到戰場上的凶險，又為齊昭做了幾件護甲。

「這裡面是我著人尋來的密甲，縫了三層，輕薄不壓身，也能防刀槍。我縫了四件，你穿著，若是損壞了，就換一件穿。切記，一定要穿。」福妞遞給齊昭一個包裹。

打仗時候的戰衣，尤其是將領所穿的鎧甲都是精製而成，是現有技術中最厲害的了，若是特製的鎧甲都防不了，福妞這護甲定然也防不了。但她做了，齊昭便還是收下了。

他想起自己上一世受的傷，心裡隱隱有些焦躁，但眼看就要上戰場，他只能儘量讓自己不要再受傷。

福妞又把護身符、錦囊、如意結一一塞到他衣服裡。

「這些都帶好，不能拿下來，我和三個孩子都等著你。齊昭，你若是有什麼閃失，我生生世世都不會放過你。」

說到最後，福妞聲音終究是哽咽了。

齊昭握住她的手。「等我。」

他一定會回來，完好無缺地回來，與她坐觀大好河山，與她共度餘生點滴。

第五十五章　福妞的密甲

齊昭身披鎧甲，騎上駿馬飛馳而去，身後數萬大軍響聲如雷，揚起的塵土不計其數。

原本福妞想送他到宮門口，齊昭憐惜她身子，不讓她出來，只在寢宮見了最後一面便走了。

這一走似乎與平日上朝別無二致，可福妞卻知道，不知什麼時候才能再見到他了。

她心中難受，孩子們來逗她笑，她也笑不出來。

才第一日，福妞就接連三餐都吃不下去。

宮人們急壞了，皇上臨走之時可是叮囑過，一定要好生照看皇后，若是皇后出了什麼差錯，他們這些伺候的人腦袋都留不住。

可皇上才走第一日，皇后就不吃飯了，他們能怎麼辦？

最後一行人找了衛氏幫忙，衛氏心疼極了，趕忙去勸福妞吃飯。

福妞拿起筷子，一口飯吃下去又覺得難以下嚥，她擔心得厲害，實在沒有胃口，最後，只能勉強喝了些燕窩。

小公主拿了畫本子要福妞讀，她知道母后最疼她了，無論什麼時候都會讀給她聽。

可今日母后只道：「乖女兒，不如妳去找兩個哥哥讀，母后此時不方便。」

小公主撇撇嘴道：「從前哪怕父皇在側，母后都當沒看見，而是以兒臣的事為優先，怎麼如今母后不喜歡兒臣了？」

福妞一愣。「妳說，從前為了你們，母后都把妳父皇晾在一邊？」

小公主點頭。「是呀，母后，您心裡最疼的是我，再來是兩個哥哥，最後才是父皇呢。」

福妞心中一痛，她竟然把齊昭忽略至此！

連小孩子都知道的事情，她竟然完全沒有意識到。

一時間悔恨布滿胸腔，福妞難受得很。

「乖，妳去找兩個哥哥玩，母后有事要忙。」

最終，小公主只得悶悶不樂地離開。

福妞心中焦躁不安，來回踱步良久，最後閉上眼靠著床，隱約還能聞到齊昭留在屋子裡的氣息。

她很想他，但此次分開不是只有幾個時辰，她必須打起精神替他守住皇宮。

齊昭走後十日，福妞夜裡還是忍不住會哭，但白日總算恢復了飲食，除了細心教導三個孩兒，閒時便去佛堂跪著誦經。

她在宮中的一言一行，自有人細細記錄下來，快馬加鞭送到齊昭手裡。

齊昭到戰場一個月後，收到來報，知道福妞的現況難免心疼。

他此時也很艱難，戰況不容樂觀，原本一張白皙溫潤的面龐被風吹日曬了一個多月，已經變得有些粗糙。

他站在營帳之內，藉著燭火看地圖。

一旁的李將軍道：「皇上，明日一仗萬分凶險，您不能親自上陣啊！臣請求皇上允許臣率領大軍攻打，皇上您萬金之軀，萬萬不能有任何損傷。」

否則這天下何依？百姓何依？

可齊昭看著李大將軍，思緒紛亂。

上一世李將軍為了保護他衝在前頭，當場中刀，不治身亡。

那一場戰役慘烈至極，李將軍為國捐軀，齊昭也身受重傷，雖然贏了，卻也損失慘重。

尤其回京之後齊昭醒來，見李家上下哭得肝腸寸斷的樣子，更是愧疚難當。

重來一世，他不會讓李將軍死，也不想自己受傷，這仗一定要勝，還要全身而退！

兩人圍著地圖商量了一夜，齊昭把福妞給自己的密甲遞給李將軍一件。「你把這密甲穿上，多一層防護。」

李將軍摸了摸密甲，又輕又軟，像是只比普通衣裳結實了一點，想必沒多大用處，但皇上既然給了，他自然要換上。

第二日，兩人率領大軍衝向敵營。

雖說齊昭做了萬全準備，可依舊抵不住敵方的凶悍，很快便血流成河。

齊昭心中發慌，難道再怎麼努力，終究是敵不過命運？

眼前的場景與上輩子幾乎盡數重疊，刀光劍影之間，李將軍已經嘶吼著衝向前方。

齊昭大喊一聲。「李培！你給朕回來！」

可李將軍哪裡聽得見，揮著刀就往前衝，耳邊所有的聲音似乎都被淹沒了，齊昭只看見一道閃亮的刀光刺向李將軍的胸膛，他怒極，拚盡一切往前衝，再也沒有任何理智可言。

為什麼，為什麼他依舊阻止不了！為什麼憾事還要重演！

原本以為李將軍必死無疑，誰知道那刀揮中李將軍胸膛時滑動了一下，立刻就偏了，李將軍及時躲開，反手就砍向對方。

齊昭衝上去支援，兩人一鼓作氣，大殺四方，帶領大軍把對方逼退了五十里。

這一場戰役大獲全勝，李將軍胸口雖然中了一劍，卻只是皮外傷，齊昭反覆查驗他的傷口，心有餘悸道：「你都要把朕嚇死了！」

李將軍也覺得十分怪異。「當時那刀直接刺向我胸口，我也以為自己必死無疑，可不知為何竟然躲過了一劫。」

他檢查自己身上，這才發現鎧甲被刺穿了，唯有皇上賞賜的那件密甲還好好的。

想必是這件密甲保護了他。

李將軍當即跪下謝恩，齊昭一看自己身上，也覺得震驚。

上一世他渾身的護甲都被刺穿了，受了重傷昏迷不醒，這一世情況與上一世差不多，只是他身上的密甲完好無損。

是福妞！是福妞的密甲在保護他和李將軍！

福妞此時還不知道發生這些事情，她在宮中為齊昭縫製衣裳，想著若是齊昭回來，便能直接穿上，若不回來，就讓人送去。

她清楚他的尺寸和喜好，心裡惦念著，要把這些都做好。

齊昭走的時候是三月，如今馬上就要五月了，她漸漸平靜下來，每天把該做的事情做好，安心等著他。

她相信，齊昭絕對會平安歸來的。

後宮人少，也無大事發生。只是這一日福妞才剛起床，宮女就急匆匆來報。「皇后娘娘，外頭徐大人求見，說是宮中要舉行祈雨大典，皇上不在，只能由您來祈雨。」

福福微微一怔。「祈雨？」

「是啊，娘娘，說是今年旱情嚴重，再不祈雨只怕會顆粒無收，可皇上臨走時說了，為了您的安危，任何人都不能讓您出後宮。」

福妞坐起來，想了半晌，說道：「幫我梳妝更衣，我出去見一見他們。」

她既是皇后，便要擔起皇后的責任，更要為齊昭分憂。

第五十六章 祈雨

福妞出了後宮，坐著轎輦一路到了大殿，巫師和大臣們都在，見皇后來了便向她行禮。

巫師打扮妖異，行禮過後說道：「皇后娘娘，今年旱情嚴峻，為了天下百姓著想，不得已請您配合祈雨。」

幾位大臣也紛紛上前說些沒什麼用的廢話，咬文嚼字的，福妞也不看他們，她知道這些大臣並不喜歡她。

其實，今日真有大臣抱著為難她的目的而來。

皇上素來維護皇后，先是獨寵皇后，後來皇后研製出高產量的小麥，皇上便更加看重皇后，不容任何人說一句皇后的不好。

可越是這樣，大臣們就越是看不慣。

原本那些有女兒的大臣都指望女兒能進宮服侍皇上，為整個母族帶來榮耀，如今機會沒了，心裡焉能不嫉恨呢？

祈雨這事玄得很，並非次次有用，舉行祈雨大典也不過是個形式，是否真能降雨多半得看運氣。

但今日到場的其中幾位大臣私下已經商量好了。若是皇后娘娘祈雨沒用，到時便先傳出一個皇后無能的惡名，再讓巫師裝模作樣算一番，說老天不喜皇后獨霸後宮，因此才責罰天下百姓無雨可用。欽天監的人透過觀雲推算出近一個月都不會下雨，因此那幾位大臣胸有成竹，只待皇后完成祈雨儀式便開始攻擊她。

晴空萬里、熱氣騰騰，香案上擺著瓜果和燭檯，巫師來回跳躍、口中唸唸有詞，福妞總覺得他是在故弄玄虛，但還是依照安排一一進行。

一系列流程做完，她也大汗淋漓，幾乎要站不住了。

宮女過來扶住她，福妞看向蒼天，仍是萬里無雲，晴得有些過分了。

幾位大臣互看一眼，其中一人走出來跪下道：「皇后娘娘莫非不夠誠心？怎麼祈雨之後絲毫未有改變？」

福妞靜靜地望著他。「我只是凡胎肉身，祈雨表了誠心，並非一定能讓老天下雨，你這是何意？」

另外一位大臣也出來跪下說道：「臣等別無他意，只是為了百姓著想，歷朝祈雨都頗有成效，到了皇后娘娘這裡竟然滴雨未下，這……」

幾人用一種壓迫式的眼神看著福妞，福妞絲毫不懼怕，沈聲道：「歷來大臣遇到旱情都會想盡辦法幫皇上分憂，如今皇上遠在戰場，以血肉之軀阻擋奸佞來襲，爾等可有半分體恤之心？本宮祈雨，你們也不能閒著，身為朝廷命官，百姓的父母官，一味指責本宮便是你們想出的抗旱法子嗎？你們讀過的書可是教你們遇著旱情指責皇后便可以了？不用動腦想法子？」

幾位大臣惱羞成怒，立即站起來道：「皇后娘娘！我等也是朝廷命官，妳一介女子怎可妄議朝政，在此侮辱我等！我等不如辭官歸鄉！」

福妞忍不住冷笑出聲。「說不過便開始撒潑嗎？辭官歸鄉？治不了旱情便要辭官歸鄉，我還真是替這天下的百姓、替皇上謝謝你們了。懦弱！無能！」

她鮮少發脾氣，但此時必須鎮住他們，便挑了難聽的話說，幾位大臣氣得臉都成了豬肝色。

誰知道，他們還沒來得及發作，幾道雷聲閃過，烏雲飛速飄來，瞬間嘩啦啦地下起了大雨。

宮女趕緊扶著皇后去簷下躲雨，那雨下得極大，幾位大臣也匆忙閃避，只聽淅瀝嘩啦的雨聲越來越急。

福妞原本與大臣們對峙的鬱悶瞬間消散。

誰知道，大雨只下了一會兒就停了。

一位大臣冷哼。「若真是一國之母，怎會只祈到這麼一場小雨。」

話才說完，一道閃電直接劈到他跟前，他立即跳回屋簷下，嚇得差點尿褲子。

福妞冷冷地瞥他一眼。「廢話這麼多，怎麼害怕閃電呢？」

巫師忍不住哈哈大笑。「老天有眼了！」

福妞沒再搭理他們，她看向外頭黑沈沈的天，嘆道：「若是再來一場大雨便好了。」

她話才說完，倒是又來了一場大雨。

這場大雨下了半日，乾硬的土地得到充分的澆灌，植物喝飽了水，都變得生機勃勃。

得了這一場大雨，老百姓們都跪在地上開心地笑了起來。

至於那幾個大臣則是啞口無言。

其實歷來祈雨成功的記載並不多，尤其是當場就下了這麼大的雨，他們心裡隱隱後怕。

這幾個人離開宮中回家的路上，不知為何閃電總朝著他們的馬車劈，把車頂都劈焦了。

雖說人沒事，可心裡的害怕卻揮之不去，回家之後統統生了場重病。

福妞心情極好，晚上睡前披著半乾的頭髮，穿著一身杭綢寢衣，伏在案上寫信給齊昭。

屋外雨勢小了些，淅淅瀝瀝的，她想起之前在鄉下的日子，有時下雨了便與齊昭一起出去抓魚，晚上用火烤著吃。

那時的他們不用肩負天下，自在又年輕，只有那些簡單的快樂。

如今坐在人人羨慕的位置上，可誰知道他們的苦？

相隔萬里，擔心著彼此的安危，思念宛如藤蔓纏遍全身。

福妞寫著寫著，一滴淚掉落下來。她好想齊昭，好想靠在他胸前哭一哭。

遠在萬里之外的齊昭也在寫信，他們打了勝仗，預備班師回朝，但大軍難行，回去也要消耗許多時間，便想寫一封信提前讓人送回去，也好讓福妞安心。

可他寫來寫去，卻覺得寫什麼也表達不出他的心。

最終，幾張紙上全部寫滿了想妳。

福妞收到這封信已經是一個月之後了，她瞧那信上簡單重複的兩個字，心裡甜滋滋的，也知道齊昭帶兵打了勝仗，很快便要回來了。

如今各地旱情已經緩解，滿朝上下也沒什麼大事，只等著齊昭回來。

福妞特意著人準備了許多東西，想在齊昭回來時到宮門口迎接。

若非情況不允許，她還想飛奔出宮幾十里去接他，早些看到他。

齊昭回來時是七月底，天氣正炎熱，但福妞不在意，仍是堅持到宮門口迎接。

三個孩子聽說父皇要回來了，也都異常激動，紛紛要跟著母后一道去。

可福妞怕天氣太熱了，孩子們受不了，便只許他們在宮裡等著。

她帶著十幾個人在宮門口等了許久，忽然瞧見前面轉角處似乎有人影一閃而過，雖然看不真切，可她心裡還是突突直跳了起來。

不知為何，福妞越等越心急，難受得好像有什麼大事要發生。

她想了一會兒，叫來貼身宮女細細囑咐了一番。

那宮女立即悄悄走了。

俗話說一將功成萬骨枯，打勝仗是喜事，可也免不了犧牲無數將士。齊昭帶著這些人的骨灰回來，也不坐馬車，而是騎著馬領在最前頭，雖然天氣熱得發狂，心裡卻異常沈重。

齊昭可以想像他們的家人期盼著他們回來，卻只見到骨灰會是怎樣的難受。

身為皇上，他勢必會好好安置犧牲將士的家人，但那一輩子的傷痛又該如何彌補呢？

心中的沈重和期待見到福妞的喜悅讓他心情複雜，這世上難以排解的情緒實在太多，從前都是自己壓抑著慢慢消化掉，如今有了福妞，他總算不必那樣辛苦。

眼看京城越來越近，旁邊將軍說道：「皇上，大約再一刻鐘咱們便能到城門口。」

就在這時忽然有人前來遞信，說是皇后的意思。

齊昭一喜，趕緊打開看，信上並非是皇后的字跡，但內容卻讓他眉頭一皺。

「萬事小心，謹慎為上。」

都快到城門口了，按理來說應該不會有事，但福妞為什麼要這樣提醒他？

齊昭勒令所有人停下，想了一會兒才道：「帶幾個人先往前走，拉上那輛馬車。」

然後他又用暗號喚出自己養的暗士，前去打探是否有異常。

這一查還真的查到了，宮門口不知被誰藏了炸藥，待齊昭他們一到便會點燃，到時只怕誰也逃不掉。

齊南已被關在王府裡不知道多久了，他日日瘸著腿裝瘋賣傻，看起來跟死了沒什麼區別。

可這樣的日子過得越久，他就越是清醒。

他也是皇家血脈，齊昭可以搶走皇位，他為什麼不行。

若是齊昭死了，他便有機會了。

齊南趁著齊昭不在京城，輕易地與人聯絡上，設了這個局。

他認為這次萬無一失，一定可以成功，直到齊昭一腳踹開門，劍指他的喉嚨處。

第五十七章　莫要耽誤我們

齊昭此番並未手下留情，他的劍幾乎挑破齊南喉嚨，最終收了回去，淡聲吩咐。「處理了他。」

他前腳才踏出大門，後腳齊南便被人一腳踹倒在牆上，口吐鮮血，不過小半個時辰便去了。

齊昭未讓人知道自己行蹤，悄悄地回了宮，對外只說延遲了行程，要在城外駐紮一日才回來。

福妞得了這個消息，心中也有些遺憾，但安全最重要，她沒說什麼，只在屋裡繼續整理齊昭的衣裳、被子。

這些都是宮女該做的事情，但福妞喜歡親自做，她把齊昭要穿的衣裳和被子都拿出來曬，想到齊昭喜歡喝茶，又趕緊喊了貼身宮女白芷。「前幾日進貢來的御前龍井呢？皇上喜歡喝那個。」

白芷笑道：「娘娘，皇上明日才回來，現在就要找出來嗎？」

福妞點頭道：「嗯，現在就找出來，最好是先泡上。」

她心想，若是齊昭忽然回來了，喝不到怎麼辦？雖然知道他明日才回來，但心裡總想把事情先準備好。

白芷答。「是，娘娘，奴婢遵命。」

白芷一走，福妞又在瞧齊昭的枕頭，她為齊昭做了個新的枕頭，裡頭裝了蕎麥，睡覺時對脖子很好。齊昭這麼一去幾個月，餐風露宿的，身子定然不舒服，這蕎麥枕可以讓他好好歇息一番。

但他還沒回來，枕頭的高度不知是否適合？

福妞拿起那枕頭，翻來覆去地看，忽然又想到了什麼，便隨口說：「香芹啊，妳去御膳房一趟，讓他們今日開始就多做些皇上愛吃的。」

香芹微微一怔。「娘娘，皇上還未回來……」

「妳做便是了。」福妞篤定地說道。

她要把一切都提前備好，自從齊昭走後，她便縮減開支，吩咐御膳房不可鋪張浪費，每日膳食都是葷素搭配即可，不必張羅一大桌菜。

但齊昭要回來了，她心疼齊昭的身子，自然想多弄些好吃營養的給他。

福妞弄著枕頭，半晌聽不到香芹的答話，香芹這丫頭素來乖巧，今日怎麼了？

她正要回頭，忽然就聽到熟悉而又溫潤的聲音響起。「皇后娘娘的話，當然得聽。」

福福一愣，心跳得厲害極了，轉身一瞧，只見屏風旁站著個人，他一身盔甲尚未卸下，上面還有洗不掉的血跡，頭髮略微整理過卻依舊蓬亂，與從前那個溫潤俊逸的人一點都不像了。

他身上沾滿風霜的痕跡，不知道吃了多少苦。

宮女們早已退了出去，福妞覺得猶如作夢，她飛奔過去，抱住他，卻又立即鬆開，上下打量。「你怎麼回來了？不是明日才回來？我聽聞你們這一仗極為艱辛，死了上萬人，你可有受傷？讓我瞧瞧！」

她越說越激動，一直以來壓抑著的擔憂隨著眼淚奔湧而出。

齊昭沒有受到致命的傷害，但小傷必然避免不了。他手背、胳膊都還有尚未完全痊癒的傷口，下巴也有一處磨掉了皮。

看著真是疼啊！那都是活生生的血肉之軀，就那麼被刀劍刺傷，宛如剜了她的心！

齊昭始終笑著，他捧著她的臉，像是在看一件珍寶，捨不得移開視線。

「讓我瞧瞧妳，我太久沒見著妳了。」他貪婪地看著她，熱血湧上，相隔幾個月的思念如野獸衝向草原，他一低頭，駕輕就熟地含住了她的唇。

柔軟香甜，夾雜著眼淚的苦澀，讓他幾欲崩潰，想要衝撞發洩。

兩人跌跌撞撞地摟在一起，吻得忘情至極。福妞顫抖著胳膊勾住他脖子，聲音嘶啞。「你受傷了嗎？」

齊昭低頭，含情脈脈地看著她。「妳自己來檢查。」

他帶著她的手解開身上的盔甲，她指如柔荑，輕輕地劃過每一處。齊昭深深吸氣，隱忍著體內的顫動。

「受傷了嗎？」他問。

福妞眼睛紅紅的。齊昭未受大傷，但身體卻硬實了許多，不知是吃了多少苦。

她沒說話，卻主動湊上去親吻他的喉結，齊昭哪受得了這種刺激，身子一翻便把她壓在身下，沒命地折騰了起來。

御膳房得了皇后的命令，立即做了三十八道菜，都是皇上愛吃的。

哪知苦苦等了許久，飯菜熱了一次又一次，眼見都要變味了，皇后那頭還沒著人傳膳。

皇后作息規律，一向傳膳都很準時，可今日這般，誰也不敢催。御膳房的人去打探了好幾次都沒有結果，可把總管給急禿了頭。

最終，皇子和公主的乳母擅自決定先傳膳給幾個孩子吃，無論如何總不能餓著孩子。

皇后一向寬厚，想必不會斥責。

皇子和公主吃完飯，想去看一看母后，誰知道在外頭等了許久，宮女們都不許他們進去。

「母后到底怎麼了？」

香芹臉色紅了紅，答道：「娘娘有些疲憊需要休息，大皇子、二皇子、小公主，你們不如先回去，等娘娘起來了，自然會去通知你們。」

三個孩子學習了一整天，就想晚上見見母后，誰知只見到了一扇門，心裡多少有些遺憾，但也只能先回去了。

一直到月亮高高掛，寢殿裡才徹底安靜下來。

福妞累得雙眼緊閉，一句話都說不出來，白膩如脂的香肩上滿是斑駁的紅痕，她重重嘆息一聲。

「原以為你在外受苦頗多，回來之後定要好生養著，可誰知道……你比原先還要凶猛。」

齊昭聽到這話笑出了聲。「妳不喜歡？」

福妞抬頭看他一眼，杏眸裡水汪汪的。「喜歡，喜歡得很。」

分別那麼久，她顧不得矜持、顧不得勞累，只想緊緊抱著他。

兩人不餓，便沒急著下床，而是摟在一起說了許久的話。

得知那幾個大臣趁著自己不在刁難福妞，齊昭面色一沈，道：「待我明日便發落了他們。」

福福掩唇一笑。「倒是不必了，聽聞那日他們回去時被閃電追著劈，一個個到家便嚇病了，不等你發落，他們只怕都要辭官了。」

聽到福妞祈雨之後立即就下大雨的事情，齊昭忍不住笑起來。「妳果然是福星，歷來祈雨能成的有幾個？都流於形式罷了，沒想到妳這般厲害。」

上一世他打仗歸來，昏迷中旱情四起，甦醒之後才開始處理大旱之事，雖是撥了無數銀兩去賑災，但國庫空虛，好幾年才緩過來。那幾年真是什麼都不能做，捉襟見肘，分外尷尬。

可福妞不僅替他解決了糧食不夠吃的問題，如今又祈雨成功，齊昭當真感激她。

兩人說了許久的話，這才出去用膳。

第二日一早，皇子、公主瞧見父皇回來了，都是一驚，接著開心地衝上前擁抱父皇。

那麼久不見，孩子們也都很想念父皇，可溫存過後，他們還是更關心母后昨日為何睡得那麼早。

見幾個孩子圍著他們母后問個不停，齊昭咳嗽一聲，道：「你們這幾個月書讀得如何？」

他故意出了比較難的題目考他們，考得他們啞口無言。

兩位皇子不敢反駁，小公主倒是挺直腰板拆穿他。「父皇就是有私心，不過是想與母后獨處罷了！父皇，您難道只喜歡母后，不喜歡兒臣？」

齊昭直白地說：「那是自然，你們母后才是我最重要的人，你們三個，都排在她之後。快去讀書吧，父皇與母后多日不見，有許多話要說，莫要耽誤我們。」

三個娃娃被逐出去，氣得不行，但還彼此安慰打氣，說母后最偏心他們了，要不了多久肯定拋下父皇來找他們。

可小傢伙們這回算錯了，他們的母后就像是黏在他們父皇身上似的，兩人好得誰也分不開。

最終，小公主氣得暗暗發誓。「我將來也要找一個只喜歡我的人！」

第五十八章　皇后的嘴開過光

這一年之後，大齊風調雨順、國泰民安，生活越來越好，人人歌功頌德，都知道現今的好日子乃是皇上聖明、皇后賢德帶來的。

但無論在什麼情況下，總有人懷有異心，民間漸漸出現一些關於齊昭的傳聞。

有人說他再英明能幹，做出再多政績，也掩蓋不了殺父弒兄的事實。

這事被傳得繪聲繪影，傳話者宛如就在當場看見了似的，把齊昭的父兄和先皇都說成仁德大義之人，而齊昭則是狠毒殘忍之輩，若非齊昭篡位，他們定然做得比齊昭更好。

此時便有些好吃懶做，老是白日作夢的人跺腳說：「是呀！若不是齊昭這小人，咱們早就升官發財了，何至於頓頓只能吃白麵饅頭？」

他們越說越激憤，竟然成立了一個名為正義教的組織，拉攏了不少教徒，處處詆毀皇上與皇后。

仗著天高皇帝遠，這些人在江南橫行，對齊昭敵意甚囂塵上，巴不得皇上與皇后不得好死。

他們可不在乎風調雨順、國泰民安，只希望再出幾件大事，證明皇上昏庸無能。

也是不巧，還真的出了大事——寧海之地水兵來襲，隔海的瑤國蠢蠢欲動，分明是要攻打大齊。

大齊人民不善水上戰鬥，若是他們真的打過來，也是個棘手的問題。

齊昭為此愁眉不展，接連幾晚與大臣們商議對策。

福妞見他消瘦了幾分，也是十分擔心，她對宮女們說：「瑤國人為何要來侵犯我朝？他們自己的日子過得不好嗎？這一打仗又是死傷無數，難道不怕天譴？說不準明日就地震了。」

她這只是氣話說說罷了，誰知道不過幾日，真的來了消息，說瑤國地震，死傷無數，自顧不暇，立即就退兵了，哪裡還敢騷擾大齊。

齊昭聽聞一下子笑了，他沒想到福妞隨口說的話竟然成真了。

但接下來奇怪的事情愈來愈多，讓人驚嘆不已。

有一日小公主在御花園陪福妞散步，問：「母后，彩虹是什麼呀？」

「彩虹就是一道七彩顏色的東西掛在天上，彎彎的，很漂亮。母后也形容不好，唉，若此時天上出現一道彩虹便好了。」

她才說完，天空緩緩出現一道巨大的彩虹，橫跨在皇宮之上，絢麗至極。

整個皇宮，乃至整個京城的人也從未見過這麼漂亮、這麼大的彩虹。
這事傳出去，人人都說皇后娘娘的嘴巴只怕是開過光的，說什麼來什麼。
接著，又有一次，御膳房傳上來的一道菜之中竟然驗出帶毒。
齊昭當即震怒，跪了一屋子的人，但下毒之人做事謹慎，未留下蛛絲馬跡，一時間竟查不出是誰。
福福也是後怕，脫口而出。「下毒之人如今陰險，難道不怕自己被毒蟲咬上一口，也試試中毒的滋味嗎？」
才說完，忽然飛出一隻毒蟲，嗡嗡嗡地在大殿上繞了一圈，朝一個太監臉上飛去，猛地咬了一口。
那太監疼得直吸氣，臉頰瞬間腫了一大塊。
齊昭冷冷地盯著他，道：「拿下他！」
太監的臉被毒蟲連著咬了幾口，心裡害怕極了，不等齊昭問話，自己就招了。
「皇上、皇后，奴才有罪，奴才被人脅迫……」
那小太監很快把事情都招出來了，原來是一個自稱正義教的人脅迫他，要他殺了皇上。
齊昭沈下眸子。「正義教？」

有人立刻去查了，回來說道：「皇上，正義教乃是江南那邊的組織，組成複雜，一時之間很難盡數摸透，不過，這些人只怕是存有異心。」

齊昭吩咐道：「盡力去查，切勿讓他們再壯大了。」

朝廷開始打壓正義教，正義教的人便覺得自己更正義了，對齊昭的誣衊之詞更是有增無減。

有一次福妞聽說正義教把她傳成一個善妒、無能又極其妖媚的狐狸精，氣得不行，當即說道：「這些個正義教的人，嘴上說著朝廷如何不好，私下卻用著朝廷的補貼，享受著朝廷的好處。臉皮真是厚！怎麼不把那張爛臉撕掉！」

這話說了不出半個月，正義教裡面忽然流傳起一種奇怪的病，越是聲望高的人，臉上就爛得越厲害，長滿了紅疙瘩，一說話便疼。

這病詭異得很，只有正義教的人長，外人都不長，而後有人聽說了皇后的話，心裡害怕起來，便退出了正義教，回去過自己的小日子。

有幾個鐵齒之人死活不肯退教，發誓要跟老天鬥到底，結果不但臉上流膿長瘡，連脖子也開始長，苦不堪言。

官府得知他們是正義教的人，也不肯再發放救濟，任由他們餓著。

瞧著身邊人人都能吃飽飯，而他們正義教之人忙著誣衊皇上、皇后，連窩窩頭都吃不起了。最終，這些人終於幡然悔悟，痛改前非，徹底退出正義教，正義教正式解散。

從此之後，原本正義教的人反倒更相信大齊國運昌隆是導因於賢明聖德的皇上、皇后。

京城的人處處流傳說皇后的嘴極其厲害，說什麼來什麼，人人都巴不得求皇后替他們實現願望。

其實福妞還是覺得那都是巧合，她平常說的話可多了，比如希望自己能年輕幾歲之類的，可哪裡能實現呢？

況且，若是自己說了，結果人家的願望沒有實現，那豈不是很尷尬？

所以當有人來求她多說幾句時，她只能拒絕。

但她可以拒絕旁人，自己的親爹、親娘卻拒絕不了。

衛氏有一陣子沒有進宮，近來聽到傳言說皇后娘娘說什麼是什麼，簡直如活菩薩一般。

她知道後，立即相信了。

女兒自小運氣就很好，這是他們親眼瞧見的，比如撿個河蚌都能挖到夜明珠呢！

如今福妞在宮中養了多年，吸取皇室的真龍氣息，說不準身上的好運更多了。

衛氏想了幾天，與王有正商議了一番，最後決定進宮。

福妞聽完爹娘的話，震驚不已。「娘，您要我設法讓您和四個姊姊見一面？」

衛氏也有些為難，嘆道：「娘知道這很難，但是……娘真的很想妳的四個姊姊。當初她們年紀小小便走了，這麼多年來，娘心裡還是惦記，想知道她們如今在哪兒？過得好不好？」

福福很心疼她娘，雖然覺得此事荒謬，可還是答應了。

「娘，那我試試吧，可我也不知道該如何做。不然，咱們一起去佛堂求一求，娘覺得如何？」

衛氏趕緊點頭。「成！咱們也就是試一試，總比不試要強呀！」

齊昭也陪著去了，四個人跪在佛堂裡，給四個姑娘敬香。

可敬香之後便再無反應了。衛氏悵然若失，笑著搖搖頭道：「都那麼多年了，她們也該忘記我了。都怪我不中用，當年沒能保住她們。」

她說著說著流下淚來，王有正趕緊扶住她安慰一番。

當日用完午膳，齊昭要去見大臣，福妞讓人把她爹娘安排到房間裡休息，自己也回屋睡了一會兒。

屋裡點了松香，淡淡的香味中，福妞合眼睡著了。

她迷迷糊糊地朝著一片森林的出口走去，走著走著，瞧見不遠處有一座屋子，那似乎是自己的家。福妞打開門走進去，瞧見她娘、她爹，還有四個如花似玉的小姑娘在裡面。

幾個小女孩見著她，都笑得特別開心。「妹妹！」

福妞一怔，衛氏笑著說道：「傻福妞，這是妳姊姊們呀！回來怎麼不喊人！」

第五十九章　一家相聚

福妞也曾作過噩夢，夢裡的奶奶面色發青，可怖至極，還訓斥她一家子都無情無義。

可不知道為何，此時見著四個姊姊，卻絲毫沒有害怕的感覺，反倒覺得溫馨親切得很。

她下意識就喊了出來。

「大姊，二姊，三姊，四姊！」

四個姊姊都生得很美，且各有各的特色，大姊端莊大方，二姊俏麗聰慧，三姊柔情似水，四姊稍顯潑辣，說起話來八面玲瓏，讓人分外開心。

見福妞回來了，四個姊姊趕緊圍上前。「五妹，妳怎麼才回來？瞧瞧姊姊給妳帶了什麼。」

她們一人遞給福妞一枝花，是純白色的百合，上頭還帶著露珠，馨香撲鼻，漂亮得很。

福妞滿心歡喜地收下。

「好漂亮的花兒！」

衛氏笑盈盈地說：「妳們也別忙著敘舊，一起吃飯吧。」

她做了一大桌色香味俱全的農家菜，七個人熱熱鬧鬧地圍著吃了起來。

這場景彷彿每日都在發生，四個姊姊笑咪咪地同爹娘和福妞說話。

大姊聲音軟軟的。「爹娘放心，我們四個走了之後並非去投胎或受苦，而是到天上負責養花呢，日子清閒又自在，沒有勾心鬥角，也遇不著惡人，衣食無憂，每日都很快活。」

二姊眨一眨眼。

「對，娘萬萬不要再哭了，世事皆有定數，我們四個都是當初娘救過的花兒，此番是到人間報恩的，卻沒想到會給娘惹來許多傷心。」

三姊委婉勸道：「但咱們也改變了家裡的命運，原本五妹是要受苦之人，可咱們齊心協力保住了五妹，如今爹娘和五妹都過得不錯，真是好極了。」

福妞想到自己那回差點死了，正是遇到四個姊姊才帶她重回家中，她心中感激不盡。

「姊姊們，福妞能活到今日，多虧了妳們照拂，妳們在天上也請放心，福妞一定會照顧好爹娘的。」

她說完，四姊忽然伸手上來捏捏她的臉蛋。

「妳呀，就是太單純了！還好有我們四個和齊昭護著妳。不過這世上就是善有善報、惡有惡報，比如奶奶和大伯母，如今淪入畜生道，被人掌握著生殺大權，一生都要讓人隨意糟蹋，這也是她們的報應了。」

聽到這，衛氏和王有正都是微微一怔，心下了然。

衛氏分別和自己的四個女兒拉著手，笑中帶淚地一一叮囑她們往後定要照顧好自己。

雖說四個姑娘都是閒雲野鶴一般的性子，見衛氏這樣，還是忍不住跟著紅了眼眶。

王有正也叮嚀道：「爹娘無法跟著妳們，妳們四個一定要好好的。」

更多的話也不知該從何說起，一家人這頓飯吃到最後都相對默默無言，唯有落淚。

最終，四姊擦擦淚笑道：「能有這一回相聚，也是老天開了眼，往後還不知道有沒有機會再見，福妞，爹娘就拜託妳了！」

福妞紅著眼點頭。

「我記下了，若是有緣，咱們必定會再相見的。」

一家人抱在一起，都是不捨。

可也就是一瞬間，福妞醒了過來。

她瞧著熟悉的寢殿，卻覺得方才並不是一場夢，而是親身經歷過的一段美好時光。

半晌，她才起身略微梳洗一下，然後去找她爹娘。

衛氏和王有正也是剛醒來，他們見著福妞便握著她的手道：「福妞，我們見著妳四個姊姊了，就像真的一樣！妳姊姊說她們在天上養花呢，日子快活得很，爹娘總算是放心了。」

如此看來，方才一切是真的了，他們三人同時入夢，一起夢到了福妞的四個姊姊。

這種離奇的事情真是聞所未聞。

福妞抱住衛氏。「娘，這下您可以放心了，姊姊們過得好，往後您也了卻一件心事了。」

這些年，這事就是衛氏和王有正的心結，此番解開心結，整個人都豁然開朗。

福妞命人做了許多精巧的點心端上來，也把三個孩子都叫來。

「今日你們不須埋頭看書了，多陪陪你們外祖父、外祖母。」

三個孩子都很喜歡外祖父和外祖母，平日父皇和老師對待他們比較嚴肅，很少能見到像外祖父、外祖母這樣慈祥的長輩，因此馬上就圍在他們跟前說笑起來。

衛氏摟著他們，講鄉村裡的趣事給他們聽，過一會兒，王有正又帶他們去放風箏，皇宮中都是歡聲笑語，福妞看著也覺得心裡舒坦。

從前的日子似乎已經離得很遠，但偶爾回想起來又歷歷在目。

看著宮女手裡抱著的狗，福妞想到四姊說的話，奶奶和大伯母都淪為了畜生，如今日日受著踐踏與折磨，想來也是她們的報應。

再想想從前村裡的人，也不知道現在過得怎麼樣了。

齊昭治理天下之後，人人都能吃飽飯，他們村裡的苦日子應該也結束了。

那余氏和田大路呢？不知他們現下在哪裡，在做些什麼。

正想著，齊昭忙完回來了，他帶著一群宮女、太監，後頭還跟著幾個人。

福妞朝他點了點頭，齊昭和王有正、衛氏打了招呼，笑道：「爹、娘、福福，你們猜猜我把誰帶來了？」

福妞往後看了看，一群宮女和太監都穿著差不多的衣服，她也看不清誰是誰。

「誰啊？我看不出來。」

齊昭揮揮手，便有人帶了三個人上來。那三人一見到福妞、王有正和衛氏，眼睛瞬間亮了，但還是循規蹈矩地行禮。

福妞意外極了，趕緊讓人把他們扶起來。

衛氏喜極而泣，也顧不得禮數，快步上前握住余氏的手。「大路他娘！你們怎麼來了！」

其實實屬巧合，當初福妞一家從鄉下搬到鎮上，再去了永州、潭州，與田大路一家徹底失去了聯繫。

田大路成年後，先是去鎮上藥材鋪子當學徒，學到了些東西，不知道哪來的膽子便去了京城。

他獨自一人在京城闖蕩了數年，竟然學到一身治病的本領，跟著師父開了一家醫館，聲名大噪，買了田產、鋪子及房屋，著人回去把爹娘接了過來。

田家一家子從鄉下一躍到了京城，余氏和田明康便想著如今有錢了，不如花些銀子四處打聽打聽，看能不能找到福妞他們。

當初田明康能站起來，多虧衛氏的偏方，他們一家子都記得王家的大恩大德。

尤其是田大路，他不知道是哪根筋不對勁了，不肯娶媳婦。

余氏焉會不知，這小子固執得很，之所以有膽四處去闖，還不是受福妞一家去鎮上做生意的影響。

他心裡一直惦記著福妞，只怕想知道福妞有沒有嫁人，如今怎樣了。

余氏想著，若是能找到福妞，福妞又還沒嫁人，他們便看看有沒有機會求娶；福妞若是嫁人了，那就勸田大路娶一個媳婦，總不能一輩子孤身一人吧？

於是他們四處花銀子貼畫像，老家和京城都貼了許多。

有一日這張畫像被人呈到了齊昭面前。

齊昭特意去田大路的醫館看了看，他的醫館如今在京城非常有名，人人都知道這位田大夫醫術了得，且心地很好，不知道救過多少人。

他哪會不知道當初田大路的那點小心思，見田大路遲遲未娶，倒是覺得好笑。

這人真如上一世的自己那般，執拗得很。

雖說心裡對田大路有些排斥，可感念他是個好人，在京城做了那麼多好事，還是應該讓他徹底死心，好好過自己的日子。

齊昭讓人把田家三口人帶到了宮中。

田大路如今也二十多歲了，閱歷無數，他穿著一身月白色袍子，面色平靜地看著福妞，心裡卻波濤起伏。

眼前的姑娘與從前相比，韻味多了幾分，卻無歲月帶來的粗糙感，她從前是鄉野的薔薇，如今卻是養在宮中的牡丹花。

她離他越來越遠了，但他也知道，她過得很好很好，根本無須他操心。

他也沒有操心的資格。

期待了那麼多年的機會，原來一直不曾有過，田大路低下頭，微不可察地笑了下。

衛氏和余氏相談甚歡，王有正和田明康也喝開了，說起從前一起上山打獵的日子，都是感慨萬千。

齊昭靜靜地看著田大路道：「朕知道你的心思，但從今以後，這一頁還是翻過去吧。」

田大路眼神平靜，道：「草民領旨。」

一個月後，田大路娶了妻，妻子秀外慧中，極懂禮數，余氏越看越滿意。

福妞知道之後也很高興，她雖沒有親自過去祝賀，卻也派人送了一份賀禮。

賀禮是一對玉如意，瑩瑩生光，極其珍貴，讓人眼睛一亮。

田大路看了沒有什麼神色變化，他自從那日見過福妞之後，便覺得世上之事如浮雲，好似未來的日子如何過都不重要了。

可他的新婚妻子忽然伸手拿起一枚玉如意，說道：「相公，雖說衣不如新，人不如舊，但我也相信精誠所至、金石為開。」

田大路對自己的妻子雖然沒有太大感情，但父母之命、媒妁之言，他自然也以禮相待。

可他始終覺得，他們之間是沒有基礎的，如何比得上小時候和福妞青梅竹馬之情？

若非齊昭在前，他這輩子原本也有機會娶福妞的。

只可惜，可惜……

感情這種事不能勉強，妻子汪氏也明白，只能默默陪伴著他，生活大小事都照料得極好。

第六十章 大結局

直到有一日，田大路病了，他為一位重度傷寒患者看病，不幸也染上傷寒。這一年的傷寒尤其嚴重，即使田大路自己是大夫，也是一病不起，吃了好些湯藥都不見效。

他出於醫者的警覺，不許身邊的人靠近他，怕也傳到旁人身上。

可田大路沒想到，他病得厲害差點就不省人事。

就在昏迷之際，有人靠近他，輕柔地幫他用溫水擦臉、擦手，餵水、餵藥、餵粥，貼心地安慰他。

恍惚中，他瞧見是自己的妻子汪氏。

汪氏滿臉擔憂，清秀的臉龐上掛了晶瑩的淚。「相公，皇后娘娘得知你生病，送過來許多東西，你不是最喜愛她賞的東西嗎？你得趕快好起來，瞧瞧是什麼。」

那一刻，田大路渾然聽不到皇后娘娘送過來的東西，只覺得眼前的人兒柔弱又可憐。

他想，他不能死。

這一場病，讓田大路清醒許多。

他終於明白，所謂的愛，有時候只是虛無的幻想，生活最重要的還是柴米油鹽，真正能在身邊照顧你、心疼你的人，才是最重要的。

明白了這個道理的田大路後來待汪氏極好，汪氏本身就是個聰慧女子，兩人感情日漸深厚，很快便有了兒子。

見田大路夫妻這般恩愛，齊昭終於放心了；福妞見他們一家和樂融融，便對他們更是關照，賞了不少名貴藥材給田大路的醫館使用。

田大路醫術精湛，且時常免費為人醫治，一時間成了民間聖手。

而齊昭有福妞陪伴，心情好做事也順當，他勤政愛民，舉國上下越發富庶。

他們二人私下也會商議國事，不講究什麼後宮不可干政。齊昭發現福妞雖然外表柔弱，但思想先進，比那些大臣還厲害。

兩人設立免費學堂，專收那些熱愛讀書卻家境貧窮的孩子；此外鼓勵各地種植新型作物，開墾土地。人民的生活越來越好，莫說白饅頭，如今尋常人家一個月也能吃上一回肉了，再也不用眼巴巴地等過年。

福妞與齊昭的心願是百姓餐餐都有肉，出門行路不用腳，兜裡時時有銀兩，再也不用懼怕苦日子。

他們兩個三十歲這年，外族來襲，因為齊昭非常注重養兵，因此輕鬆地殲滅了敵軍。原本他們並沒打算侵占別族疆土，沒想到大齊將士打勝仗時，外族子民跪了一地，請求大齊收留他們。

其中一人喊道：「誰不知道大齊是真正享福的地方。那裡的人吃得飽，君主聖明，皇后慈愛，國泰民安，永遠沒有後顧之憂。求大齊收留我們，殲滅我們的大王，我們實在過夠苦日子了。」

這種敵國人民主動投靠的事情還真是聞所未聞，大齊百姓都感嘆自己生在了福窩裡，有幸遇上齊昭這樣的好皇帝。

末了，齊昭下令活捉他們的大王，把這個小國納入大齊，子民也能得到和大齊百姓一般的對待，小國子民都高興到不行。

遠在潭州的鄭啟申聽說此事之後沈默許久，他佩服當今聖上的能力，但也相信這其中必有福妞的襄助。王福福這個女人啊，就是個寶，誰得了她，這一生便再無遺憾了。

他笑了笑，繼續處理政事，並未說什麼。

齊昭這幾日見著大臣進言為鄭啟申加官進爵一事，冷笑一聲把摺子扔到了一旁。這個鄭啟申，都十來年了，仍舊未娶，卻在政事上處處用心。

換作別人，齊昭定然會大大賞賜，甚至留在身邊重用，可他是絕對不會讓鄭啟申進京的。

這麼多年來，齊昭想過不少法子為他搭橋牽線，希望他儘早成親，鄭啟申總有各式各樣的藉口拒絕。

他政事上卓越出色，滿朝大臣都力薦齊昭提拔他，可齊昭偏偏不那麼做。

有人在背後議論齊昭到底在想什麼，甚至有人真的猜對了，說齊昭怕鄭啟申。

畢竟當初鄭啟申可是當著所有大臣的面說若是皇后受了委屈，他赴湯蹈火也要保全她。這深沈的愛慕之情啊，嘖嘖……

齊昭越想越氣，最終一怒之下把鄭啟申調到京城來，他倒是要看看這個鄭啟申能搞出什麼花樣！

鄭啟申老老實實地來了京城，並未有任何出格的舉動，只在中秋宮宴上遠遠地看了皇后一眼。

只一眼，見她如一朵盛放的牡丹，身上穿著大紅宮裝，明明不年輕了，可依舊花容月貌，宛如二十來歲的小姑娘，一看便知道過得很好。

鄭啟申淡淡一笑，沒再看了。

但就這一眼，也讓齊昭非常不舒服。

他自己可以等福妞一輩子，但看到鄭啟申這樣就渾身不對勁。

有一天，齊昭實在忍不住了，就把這事對福妞說了出來。

「這個鄭啟申膽大包天，說不準就是等著鑽空子！我越是看他心裡就越堵得慌！」

福妞笑了。「我都一把年紀了，你真是想多了。」

齊昭氣呼呼的，福妞哄了半天才哄好。

鄭啟申在京中兢兢業業，從未有過不妥當的舉動，時間久了，齊昭也慢慢放下了，反過來倒是有些可憐他。

有一回齊昭對他說：「你也一把年紀了，總要給鄭家留個後人，朕……」

鄭啟申立即答道：「多謝皇上厚愛，微臣不需要。」

齊昭一愣，鄭啟申又強調。「微臣甘願如此。」

齊昭氣得一甩手，叱道：「滾出去。」

至此，他再也未曾過問鄭啟申的親事。

鄭啟申活到五十七歲，後來人人都說他不喜歡女人，所以才不娶。

許多人都忘了，他喜歡的人，就住在深宮之中。

其實福妞也曾有機會與鄭啟申獨處，便勸他娶妻成家。

鄭啟申只笑道：「皇后娘娘多慮了，微臣喜歡孤身一人。」

他這樣坦蕩地說出來，福妞都覺得是自己會錯了意，興許人家真的喜歡孤身一人。

反觀她，從來不喜歡孤身一人，她在宮中被齊昭寵上天，日子逍遙又自在。

兩個皇子都很優秀，十五歲便開始幫齊昭處理政務；而小公主美麗可愛，招了其中一屆的狀元做駙馬，兩人情投意合，日子美滿順當。

只是再好的日子終會有波瀾，小公主生產那日，被人動了手腳。

雖說最好的太醫都去了，可沒料到有人使了下作手段，差一點就發生不可挽回的憾事。

還是福妞心中大跳，覺得有些擔心，便親自去了接生的屋子。她發現其中一個穩婆正故意拖長小公主生產的時間，意圖讓母子俱損。

福妞大怒，一巴掌打了過去，又連忙喚了其他人來，這才保住了女兒和外孫。

事後齊昭查出竟是周凝雪動的手，他著人把周凝雪抓來，可他們上門時，發現周凝雪已經畏罪自盡了。她留書一封，仍舊控訴當年齊昭不肯娶她。

「表哥，我哪裡不如她？若是你當初娶了我，日子會更好！」

齊昭冷冷地看著那信，喚人直接把周凝雪的屍首扔到了亂葬崗。

此後倒是平平順順，再也沒有遇過令人心驚膽戰之事。

兩個皇子二十歲時也都能獨當一方了。

只是老大更顯沈穩，老二雖然富有才幹，卻更喜歡遊歷山水，每年都要抽空去各地走走看看，回來時在父皇、母后跟前口若懸河地說上半天。

時間久了，福妞和齊昭也有些心動，他們勞碌一輩子，為了天下奔忙，忽然覺得累了。

齊昭思前想後，又與福妞商議一番，決定悄悄放手朝政，兩人喬裝打扮，也去遊山玩水。

等大皇子發現之時，默然無語，內心則是……

他想不通，從前的皇帝都是巴不得長命百歲，一直穩坐龍椅，生怕被篡位，怎麼自己的父皇不一樣？

但父皇、母后如此任性，他也只能挑起大梁了。

齊昭帶著福妞打扮成普通人，一路南下，乍一看身後沒有跟人，實際上有不少暗衛保護著他們。

兩人感受著許久未見的民間風情，都是分外雀躍，

他們去繁華的鬧市買衣裳、食物；去山裡欣賞鬼斧神工的景色；去農戶家借住，體驗普通人的生活；去衙門看青天大老爺審案；去打探乞丐對這天下的看法，卻得知乞丐也時不時有肉吃，之所以當乞丐，實在是因為太懶了。

看著天下太平、人人安居樂業，兩人心中都是無限滿足。

他們原本只打算出來一趟，誰知道這一出宮，便像上癮一般，三不五時就溜出來玩。

後來民間流傳了一本書，作者名叫福昭居士，書裡畫得是大江南北的人物風情，寫得是他在路上遇到的奇聞趣事，外加與妻子的恩愛日常。

因為生動有趣，讀來分外讓人感動，此書流傳甚廣。

有一次齊昭帶福妞去茶樓喝茶，說書的正好說起這本書，有人便問：「福昭居士是如何遇上這麼好的妻子的？我聽著十分嚮往啊！」

齊昭在旁邊笑道：「只要願意等，就必定能等到。」

福妞也笑了起來，端起一杯茶遞到他唇邊。「相公，潤潤嗓子。」

齊昭一雙好看的眸子帶笑看著她，就著她手喝了幾口水，心裡滿足又舒坦。

她從來不知道他等了她一輩子，但所幸等到了。

這一生一世一雙人，對得起曾經的等待。

他愛她，她也愛他。

——全書完

2020年11月出版

懦弱繼母養兒記

文創風 896～898

穿越就算了，為何穿成故事中男主角及頭號反派的繼母?!
她既要教養三個兒子，還要應付便宜夫君；這日子也太熱鬧了……

發家致富搞建設 夫君兒子全收服／雲朵泡芙

一朝穿成北安王的續絃王妃，還是三個兒子的繼母，
這下可好，閉上眼她是久病纏身的單身女，睜開眼是老公、兒子都有了！
但剛進入新身分，馬上又有人想謀害她，接著離家的便宜夫君同時回府，
她不但要清理王府後院，還要不露馬腳地繼續扮演軟弱王妃，
更得臨機應變地活用《西遊記》當作教養兒子們的教材，她都快要精分了！
而且久不親近的王爺，如今卻總跟著她不放，難道是自己哪裡露了馬腳?!

紅顏彈指老，剎那芳華留／不歸客

2020年11月出版

何家好媳婦

夫君說，他離不開她，要她千萬莫拋下他一走了之，
夫君還說，若沒有她，他活著都沒滋味了，
她聽罷，當即伸出食指勾起他的下巴，痞痞地對他說——
只要你乖乖聽話，不惹我生氣，我絕不丟下你，
跟著我，保管你吃香的、喝辣的，賽神仙一般的快活啊！

文創風900 1

投生在一個重男輕女的家庭中，黃四娘注定得不到爹娘的關愛，
大姊是家中第一個孩子，多少得了幾年的疼愛，
二姊和三姊是少見的雙生子，也被希罕了好一陣子，
而身為家中的第四個女兒，她自小得到的只有嫌惡及打罵，
她也知道自個兒爹不疼、娘不愛的，所以向來安分低調不惹事，
可即便這樣，親娘仍是生了將她以二十兩銀子賣掉的心思，
倘若真被賣至那煙花之地，她這輩子還有什麼盼頭？
不行，自己的命運自己扭轉，得趕緊想辦法逃離黃家這牢籠才成！

文創風901 2

聽說何思遠前兩年被朝廷徵去從軍打仗，還立了戰功，即將光榮返鄉，
可這會兒，他弟弟卻在街上號哭，說他戰死了，甚至屍骨無存，
接著，她又聽見何家父母想為這早逝的大兒娶媳，以求每年有人上墳祭拜，
明知道嫁過去是守寡的，可眼下這是她逃出黃家的唯一機會了！
無暇多想，她厚著臉皮上前求何家父母相救，最終順利進入何家當寡婦，
婚後，公婆待她極好，將她當親閨女般疼愛，也相當支持她創業自立，
她不是那等不知恩圖報之人，她定會當何家的好媳婦，善待何家人，
並且，她還要賺許許多多的錢，過上闔家安康的好日子！

文創風902 3

短短幾年，四娘一手創立的芳華閣已遍布整個大越朝，
芳華出產的保養品炙手可熱，連皇宮裡的后妃娘娘們都愛用，
可她不滿足於此，她還想當上皇商，畢竟誰當靠山都不及皇帝大啊！
這日，她女扮男裝出遠門巡視分鋪之時，竟巧遇了她的亡夫，
原來這人當年根本沒死，還立下汗馬功勞，只是因著戰事而未能返家團聚，
她試探地跟他說，父母已為他娶妻，豈料他竟說返家後會給妻子一筆錢和離，
四娘聞言，簡直都要氣笑了，現在是在跟她談錢嗎？她最不缺的就是銀子！
要和離就來啊，反正她也不是會乖乖在家相夫教子的人，正好一拍兩散，哼！

文創風903 4 完

小夫妻倆辦了婚禮，正是新婚燕爾之時，不料西南戰事再起，
雖說這次是去平叛軍的，動靜小點，但架不住國庫空虛啊！
為了不讓夫君及軍士餓著肚子殺敵，四娘瞞著夫君偷偷前往西南做生意去了，
她為妻則強，事先找上皇帝談條件，把西南三地的所有玉脈全歸她所有，
而她則負責戰事期間的所有軍需，且日後的玉石營收還會讓皇帝入股分紅，
仔細想想，她這般有情有義又力挺夫君的媳婦，真是打著燈籠都找不著了，
可是，夫君發現她跑到西南後，居然生氣地要她想想自己到底錯在哪裡？
嗚，她就是錯在太愛他了！她要給肚子裡的娃兒找新爹，他就不要後悔！

905

洪福齊天 下

國家圖書館出版品預行編目資料

洪福齊天 / 遲意著. --
初版. -- 臺北市 : 狗屋出版社有限公司, 2020.12
冊 ; 公分. --（文創風）
ISBN 978-986-509-162-0（下冊 : 平裝）. --

857.7　　109017278

著作者	遲意
編輯	張馨之
校對	沈毓萍
發行所	狗屋出版社有限公司
地址	台北市104中山區龍江路71巷15號1樓
電話	02-2776-5889～0
發行字號	局版台業字845號
法律顧問	蕭雄淋律師
總經銷	知遠文化事業有限公司
電話	02-2664-8800
初版	2020年12月
國際書碼	ISBN-13　978-986-509-162-0

本著作物由北京晉江原創網絡科技有限公司授權出版

定價260元

狗屋劃撥帳號：19001626

網址：love.doghouse.com.tw　E-mail：love@doghouse.com.tw